Kattis Rydberg & Gunvald Vaatia

Die Memoiren des Jeremias v. Hohnsdorf

Aufzeichnungen eines Katers und Gentleman in den besten Jahren

Shaker Media

Bibliografische Information der Deutschen Nationalbibliothek
Die Deutsche Nationalbibliothek verzeichnet diese Publikation in der
Deutschen Nationalbibliografie; detaillierte bibliografische Daten sind im
Internet über http://dnb.d-nb.de abrufbar.

Copyright Shaker Media 2015
Alle Rechte, auch das des auszugsweisen Nachdruckes, der auszugsweisen
oder vollständigen Wiedergabe, der Speicherung in Datenverarbeitungs-
anlagen und der Übersetzung, vorbehalten.

Printed in Germany.

ISBN 978-3-95631-383-7

Shaker Media GmbH • Postfach 101818 • 52018 Aachen
Telefon: 02407 / 95964 - 0 • Telefax: 02407 / 95964 - 9
Internet: www.shaker-media.de • E-Mail: info@shaker-media.de

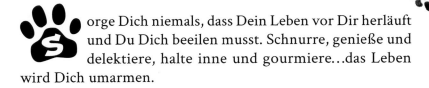 orge Dich niemals, dass Dein Leben vor Dir herläuft und Du Dich beeilen musst. Schnurre, genieße und delektiere, halte inne und gourmiere…das Leben wird Dich umarmen.

Jeremias von Höhnsdorf frei nach Ben Meir

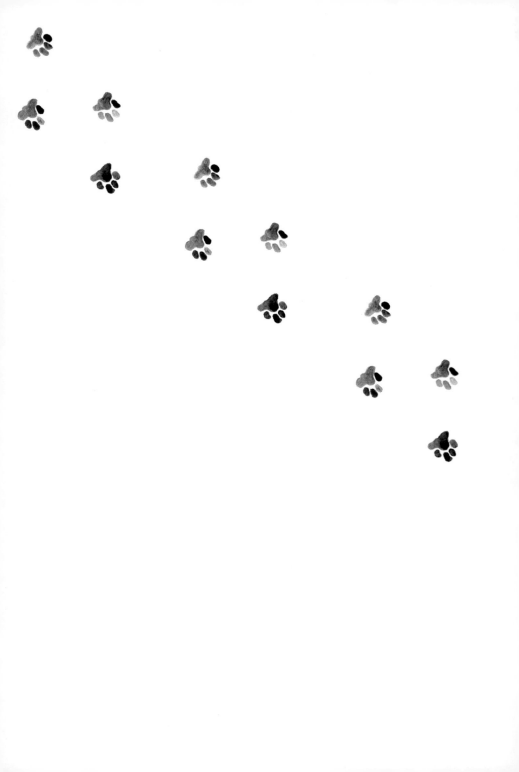

Meiner Schwester B.,
meinem liebsten K.
und
dem wahren Jeremias von Höhnsdorf, der nach einem
erfüllten, genussreichen, katerhaften Leben wohlverdient
und hochbetagt in die ewigen Jagdgründe gesprungen ist

Veranda

Apfelbaum

Menschengemüse

Menschenschaukel

Weißdornhecke   Kräutergarten

Apfelbaum

Zarte Gourmet-Schmetterlinge

Korkenzieherhasel (Gesangverein!)

Menschenschaukel

Ich
J. v. H.

Revier der Katzengöttin (der Liebe dieses Frühlings)

Tierpfad

Behausung des Menschen

J. Rev.

Garten-Grenze

Getreidefelder

Köstliche Fischlein

Gartenteich

Pflanze, der man nicht trauen darf

herrlich verwildertes Revier

Knuspertische Maus

Himbeerhecke

Apfelbäume

hochintelligenter dressierter Apfelbaum

Behausung für diverse Menschen- & Utensilien

Krallenschärfestelle (für Menschen: Feuerholz)

Getreidefelder

Die Abenteuer des Jeremias von Höhnsdorf

Gestatten, mein Name ist Jeremias von Höhnsdorf. Ich hoffe Sie sind sich der Ehre bewusst, an meinen Memoiren teilhaben zu dürfen - denn nur wer eines Höhnsdorfs würdig ist, bekommt diese Zeilen ausgehändigt. Ich bin übrigens ein Kater in den besten Jahren und trage mit Stolz einen schwarz-weißen Angora-Perser-Pelz – ein Traum aus prickelndem Flaum! Er verführt auf geradezu paradiesische Weise berührt, gestreichelt, bewundert und andächtig bestaunt zu werden: wolkengleich, wogend weich und kuschelig. Kein Wunder, dass er jeden Kater - ja jedes andere Raubtier vor Neid erblassen lässt.

Die Damenwelt fliegt auf mich - mein erotisches Schnurren lässt sie alle dahin schmelzen. Mit meinem „Killerblick" aus meinen samtenen bernstein – orangefarbenen Augen erledige ich dann den Rest. Wie groß meine Nachkommenschaft ist, darum habe ich mich nie gekümmert. Ein Gentleman schweigt und genießt.

Apropos genießen: Meine Lieblingsbeschäftigung ist, den Klängen eines schwarzen, viereckigen Menschentiers zu lauschen (vorausgesetzt, es spielt sanfte Töne). Dabei liege ich entspannt und wohlwollend auf einem weichen Ruheplätzchen und schnurre angeregt. Die akustische Luftverschmutzung, also den Krach, den mein jüngster menschlicher Mitbewohner dem Tier entlockt, verabscheue ich zutiefst. Ich erhebe mich dann betont gelangweilt und indigniert, recke meinen prächtigen buschigen Schwanz senkrecht nach oben und lustwandele bei schönem Wetter in meinem weiten, gepflegten Revier. Glücklicherweise verunstaltet die Hauptfuttermenschin, mit der ich oft vergnügliche Stunden außerhalb des Hauses verbringe, nur ab und zu die herrlich verwilderte Anlage, so dass ich besonders seltene Exemplare erlegen kann. Ach ja, ich vergaß! Mein Steckenpferd ist Jagen: Mäuse, Vögel von Amsel bis Zaunkönig, Schmetterlinge und Kriechtiere aller Art sind meine Spezialität. Zu Beginn meiner Wirkungszeit hier im Revier wollte ich den Damen des Hauses oft meine Aufwartung machen und legte Ihnen meine erlegte Beute zu Füßen. Die meisten stießen jedoch gänzlich schauderhafte Laute aus, die mich äußerst unangenehm tangierten. Apart, um nicht zu sagen seltsam, wie sich Frauen doch gebärden! Frauen - pah! Aber was wäre die Welt ohne sie... denn zärtlich und zäh sind sie...

Trotz meines kurzen Aufenthalts hier habe ich meine menschlichen Mitbewohner gut auf mich dressieren können. Sie öffnen mir zuvorkommend zu (fast) jeder Tages- und Nachtzeit die Tür, können leicht zum Streicheln animiert werde und haben sich in der Zubereitung von edlen Speisen für meine Wenigkeit schon nahezu perfektioniert. In gewissen Dingen muss ich sie noch näher unterrichten und beaufsichtigen; jedoch muss ich gestehen, dass ich bis jetzt im Großen und Ganzen ganz angetan von Ihnen bin. Von mir sind sie jedenfalls begeistert und in meine Person vernarrt...

13. Mai

at man als Kater sein Revier markiert, ein Katzenherz erobert, für Nachkommen gesorgt und einen Menschen dressiert, dann, meine Damen und Herren, ja dann ist der Augenblick tatsächlich gekommen. Und heute, meine Damen und Herren, habe ich beschlossen, ist es soweit. Jetzt werde ich es wirklich und wahrhaftig in die Tat umsetzen. Nach reiflicher Überlegung zeichne ich nun meine Memoiren für die Nachwelt auf, so wie es sich für einen Kater in den besten Jahren aus vornehmster traditionsreicher Familie schickt. Da ich vor allem von Tradition und Genuss überzeugt bin, meine Damen und Herren, werden sie nur meine köstlichsten Gourmetgeschichten serviert bekommen. Ich erspare ihnen also sämtliche Unpässlichkeiten, und überspringe die langweilige Geschichte, als ich als Katerchen ein unfreiwilliges Schaumbad in der Schlagsahne nahm oder wie uns geradezu eingebläut wurde, als aristokratischer Kater nur in der Behausung der Menschen lustwandeln zu dürfen. Denn ich, ein aufgeklärter Kater von Welt, weiß Bescheid: über die Freiheit, die Hypnose von Türgriffen, die Menschendressur, ekstatisches Genießen, Gourmieren, Delektieren und selbstredend – Verführen. Ich kenne die 1000 effektivsten Arten zu schnarchen und bin mit der hohen Kunst des Katzenyoga vertraut. Trotz meines hohen Gelehrtheitsgrades, meiner nahezu unerschöpflichen Weisheit und meiner körperlich wie geistig bestechenden Fitness geben mir die Menschen und ihre sonderbaren Sitten und Gebräuche immer noch unerforschliche Rätsel auf. Meine Memoiren sind

deshalb nicht nur schnöde Katererinnerungen eines Katers in den besten Jahren. Weit gefehlt, meine Damen und Herren! Diese Memoiren werden eines Tages auch hoch begehrte Studienschriften sein. Ich nenne sie also inoffiziell: Der Mensch im Rudel. Behausung – Speisen – Menschentiere – Soziales Verhalten unter besonderer Berücksichtigung der Beziehung zu aristokratischen Katern.

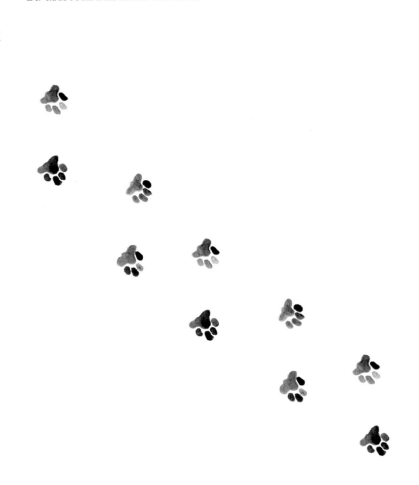

15. Mai

Meine Damen und Herren! Bevor ich Ihnen nun Einblick in mein innerstes Revier gewähre, ihnen Einblick in mein innerstes Seelenleben gebe – sie also geradezu in die intimen Geheimnisse eines Katers einweihe, sollten sie eine der wichtigsten Katzenweisheiten berücksichtigen: entspannen sie sich. Bedienen sie sich noch einmal kräftig aus dem Futternapf. Ja, ich meine genau jetzt! Schlürfen sie noch einmal genüsslich aus ihrer Trinkschale. Machen sie es sich bequem, angenehm und so kuschelig wie nur möglich! Liegen sie bequem? Ja dann, meine Damen und Herren, schnurren sie, und schließen sie die Augen (wenn sie eine Katze sind. Sollten sie keine Katze sein, nun ja… bedauerlich… Aber dafür können sie uns Katzen nun vorlesen und versuchen zu lernen vollkommen zu entspannen, wie nur wir Katzen es vermögen. … und vielleicht erlangen sie sogar eine leise Ahnung von der unergründlichen Katzenweisheit.)

Die Grundlagen für das Lesen meiner Memoiren sind nun also erfüllt: Sie werden all meine Erlebnisse teilen: die alltäglichen, die naturgewaltigen, die aufregenden, die erregenden, fröhlichen und dramatischen… Ich warne sie: sie werden mich zu Beginn etwas schrullig finden, vielleicht sogar geradezu exzentrisch. Warten sie nur. Ich werde mich in ihr Herz schleichen, lautlos und unaufhaltsam. Mich schnurrend niederlassen **und dort bleiben. Für immer.**

18. Mai

In meinem Revier gewähre ich als generöser Kater und Gentleman einigen Tiere Passage oder sogar Unterschlupf. Die meisten verhalten sich sehr friedlich. Innerhalb der menschlichen Behausung sind allerdings sehr – sagen wir einmal - exzentrische Tiere anzutreffen. Die meisten blinzen manchmal mit ihren Augen oder gähnen mit ihrem riesigen Maul und brummen etwas. Ein Tier innerhalb der menschlichen Behausung ist jedoch äußerst reizbar und gefährlich. Es wohnt im Schrank! Aber einmal in der Woche kommt es aus seiner Behausung. Es hat einen dicken Bauch auf dem ein hässlicher dünner Hals sitzt und (stellen sie sich vor, wie fürchterlich abscheulich!) mit seinem widerwärtigem Maul schleckt es ganz gierig den Boden. Zu Anfang wollte auch ich ihn oder sie freundlich begrüßen. Aber dieses Tier beherrscht nicht einmal ansatzweise die Grundregeln einer zivilisierten Konversation, meine Damen und Herren! Ohne Vorwarnung begann es so laut und schrecklich zu brüllen, dass ich mich – sonst die Ruhe und Nervenstärke in Person - vor Schreck erst einmal überschlug und während des Saltos blitzschnell beschloss, mein Heil in der Flucht zu suchen. Ich rannte also auf die glatte Oberfläche im Hauptraum der Menschen, meine Krallen konnten mich nicht festhalten und so musste ich zusehen, wie ich unaufhaltsam auf ein Gefäß zu schlitterte, indem einmal in der Woche sehr seltsam riechendes, ja geradezu übel stinkendes Wasser ist, das die Menschen dann auf den Boden reiben. Unweigerlich knallte ich mit voller Wucht dagegen und schon kam eine große Wasserwelle auf mich zu, überschwappte mich – und das Tier lachte höhnisch. Klitschnass und etwas irritiert bin ich schnell und platschend die Treppen hoch gesaust, auf meinen Ersatzplatz gesprungen, säuberte mich, meditierte, und beruhigte mich schnell wieder. Ich rollte mich zusammen und tat das Beste, das man in fast allen Situationen tun kann: ich träumte von einer riesigen köstlich duftenden Katerspezialität und schnurrte beschwingt vor mich hin. Das böse Tier ist jedoch in der Zwischenzeit heimtückisch hinter einer Menschin die Treppen hoch gelaufen – diesmal hat es aber nicht gebrüllt und ich hatte keine Chance es zu bemerken. Erst als es im Zimmer war, erhob es niederträchtig, gemein und rücksichtslos seine infernalische Brüllstimme und schrie in meine zarten äußerst verträumten Ohren. Das Schnurren blieb mir in der Kehle stecken. An die köstliche Katerspezialität wagte ich nicht mal mehr zu denken und an Schlaf sowieso nicht mehr. Was für ein böses, unsensibles Wesen! Erschreckt riss ich meine Augen auf, sprang aufgeschreckt auf, raste laut um Hilfe rufend aus dem Zimmer und rettete mich mit einem todesmutigen Sprung aus den oberen Behausungen ins Freie! Es war weitaus höher, als ich angenommen habe und ich bin trotz meiner meisterkaterhaften Geschicklichkeit etwas benommen unten angekommen. Geistesgegenwärtig versteckte ich mich dennoch sofort in einem Baum. Dort hat mich das Tier nicht gefunden. Gott sei Dank!

Als ich mich nach einer Weile wieder in das Innere der Behausung gewagt habe, hat es die Menschin gerade in den Schrank gesperrt. Sie sollte es besser nicht mehr herauslassen. Ich finde diesen Mut völlig übertrieben – bis sie das Tier einmal auffrisst!

24. Mai

Abends ist es jetzt besonders im äußeren Revier wunderbar… die Luft streichelt zart und weich wie Samt durch mein Fell und strömt aromatisch in meine Nase, winzige grüne Fünkchen fliegen aufgeregt durch die Luft und die Sterne schnuppen ab und zu. Mein Fell passt wie das Tüpfelchen zum i – ich trage es kurz und seidig, weich und verführerisch und erotisch wie die Nachtluft.

Doch heute Morgen veränderte sich alles an dieser zauberhaften Kulisse: schon bald nach Sonnenaufgang wurde es unsagbar heiß und ich zog es vor, mich zum Mittagsschlaf von der Veranda ins Innere der Behausung zurückzuziehen. Als ich mich nach einem erquickenden Schläfchen nach draußen begeben wollte, erschlug mich die Luft fast. Sie stand wie Wand. Ich fühlte mich bald schläfrig, wankte matt und müde herum und gähnte und gähnte. Entkräftet lies ich mich auf die Veranda sinken. Ich döste so vor mich hin, als mich hinterhältig Tausende von Insekten überfielen und zu piesacken begannen. Ich kratzte mich, schlug wütend um mich und fauchte aufgeregt. Plötzlich fühlte ich es, witterte es, spürte es am ganzen Körper mit all meinen Sinnen: die Spannung in der Luft, die Unruhe der anderen Tiere – es drohte Gefahr! Ich wurde von Sekunde zu Sekunde immer nervöser, schrecklich gereizt und aufgeregt. Jetzt konnte ich es sogar sehen – es wurde Nacht! Dabei war die Sonne noch gar nicht so lange aufgegangen! Doch was war das? Entsetzt stellten sich meine Nackenhaare hoch. Das Grollen! Panisch jagte ich durch die Behausung – aber diese ahnungslosen Bewohner ahnten nichts! Verzweifelt wiederholte ich meine instinktfundierten Warnrufe – aber meine unsensiblen menschlichen Mitbewohner ignorierten mich völlig! Erschüttert riss ich meine Augen auf, zitterte, schrie – aber das Grollen rollte immer näher heran! Immer näher und näher und immer und immer näher. Ein wütender Wind erhob sich, fegte um das Haus, peitschte den Sand hoch und zerrte immer mehr Wolken herbei. Es war alles pechschwarz, duster, geheimnisvoll und unheimlich geworden. Doch es war erst der Anfang! Auf einmal begann durch die Luft ein Sirren zu laufen und es wurde heller als der Tag! Verstört begann ich unter den Tisch zu kriechen. Ich zitterte wie ein Mäuseschwänzchen. Was könnte jetzt noch schlimmer werden? Verzweifelt versuchte ich mir Mut zu machen. Doch jäh in diesem Augenblick erzitterte das Haus, der Himmel und die Luft – und meine Barthaare. Ein höllischer diabolischer Knall, ein ohrenbetäubender Schall… mir bricht jetzt noch der Schweiß aus, wenn ich daran denke! Zum ersten Mal in meinem Leben wünschte ich mir, kein Gentleman zu sein und schloss ohnmächtig die Lider. Das Grollen kam jedoch immer näher und näher und näher! Unerbittlich und grausam. Verstört drückte ich mich in die hinterste Ecke und presse die Augen so fest zu, wie ich nur konnte. „Wenn mich das Grollen nur nicht findet!", schlotterte ich angstvoll, mein Fell bis zum äußersten gesträubt. Endlos schauerlich und gemein, unendlich dauerte dieser Zustand an. Ich schloss nur noch meine Augen und zitterte vor mich hin. Harrte in der Dunkelheit aus. Sah durch meine Lider gespenstische Schatten, die das grelle, grausige Licht warf…und zitterte…und bebte…

Doch irgendwann hat auch das grausigste Grauen ein Ende: Langsam zog sich das Ungewitter mit großem Getöse zurück. Von dem schrecklichen Grollen war nur noch ein ungnädiges Brummeln übrig geblieben, das irgendwann ganz verschwunden war. Vorsichtshalber versteckte ich mich aber noch so lange, bis mich ein Sonnenstrahl in der Nase herauskitzelte und ich sachte, behutsam und vorsichtig meine Samtpfoten ins Freie setzte. Neue Lebenskraft durchströmte meine starken, kraftvollen, stählernen Muskeln und meine Nerven nahmen wieder Dimensionen von Stahldrähten an. Tausend Regenperlen lagen im Gras und blitzten und glänzten. Alles sah reinlich und peinlich sauber aus. Und die Luft, die Luft, meine Damen und Herren! Reinste chinesische Seide! Noch nie durchströmte meine Nase ein feinerer und liebevollerer Duft - so rein und zart; so mild und doch so kräftig! Fröhlich, ergriffen und flockig leicht und befreit zugleich schien alles um mich zu jubilieren. Ich blinzelte gelöst in die Sonne – alles war wieder gut. Zufrieden begann ich mich zu säubern und zu räkeln. Wie schön ist doch die Welt! Ja, jetzt bin ich wieder Herr und Gentleman!

1. Juni, Katertag*

Ich, Jeremias von Höhnsdorf hatte heute die Ehre eine beschauliche Entdeckung erleben zu dürfen. In einem Raum, dem es sich bis jetzt nicht lohnte in auch nur der geringsten Art und Weise Erwähnung oder gar Beachtung zu zollen, machte ich eine erregende Erfahrung. Dort gibt es ein wundervolles Ruheplätzchen. Etwas erhöht, mit einem seltsam anmutenden Gestänge, das aus der kühlen Kuhle hervorsteht, wobei aus demselben manchmal Wasser hervortropft. Es liegt sich aber ungemein erfrischend – und ist d a s Luxusplätzchen für heiße Tage! So wahr ich von Tradition, Genusssucht und gehobenem Lebensstil überzeugt bin. So wahr ich ein Gentleman bin!

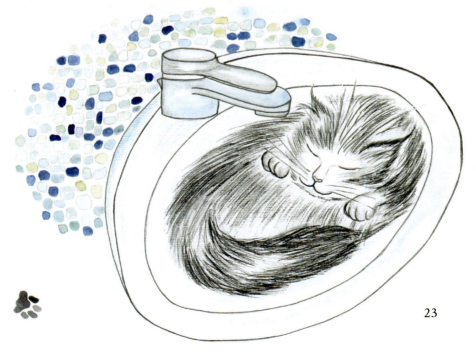

16. Juni

Heute ist etwas Unglaubliches passiert. Die jüngere weibliche Menschin, die ich bis dahin immer sehr schätzte nahm mich auf den Arm, streichelte mich, schenkte mir einen Leckerbissen (dagegen hatte ich natürlich nichts einzuwenden) und öffnete geschickt die Tür ihrer ⁿhausung. Hierauf liess sie sich und mich in die Backe des riesigen Menschenrenntieres, das immer im äußeren Revier anzutreffen ist, fallen. Dieses Tier hat so riesige Augen wie ich lang bin und ist selbst viel größer als die Menschin. Jedenfalls zog sie die Backe fest hinter uns zu – es knallte fürchterlich! Doch dann kam es noch viel schlimmer! Das ganze Tier begann zu zittern und zu brüllen und noch irgendetwas anderes, das aus dem Tier zu kommen schien, kreischte ganz entsetzlich in meinen Ohren. Etwa so, als ob fünf sehr unvernünftige Menschen Krach machen. Plötzlich setzte das Menschenrenntier ein gehöriges Stück nach hinten und begann so zu rennen, dass ich fürchterlich erschrocken bin. Mir verging geradezu Hören und Sehen. Ich konnte wirklich und wahrhaftig nichts mehr mit meinen Augen verfolgen und wollte schnell aus dem Menschenrenntier springen, aber die Menschin hatte mich ohne dass ich es bemerkt hatte in dem Tier festgezurrt. Stattdessen krallte ich mich also gewaltig in die Menschin, aber sie wollte nicht auf mich hören. Sie ist manchmal sehr unvernünftig und geradezu tollkühn. Ich für meinen Teil hätte es am geschicktesten gefunden einfach abzuspringen – aber natürlich begriff sie das überhaupt nicht! Also warnte ich sie erneut und schrie aus voller Kehle bis ich fast heiser war und vor Anstrengung und Aufregung nach Luft japste. Aber diese Menschin hat wohl keinen Verstand. Sie hat das große Tier nur gestreichelt. Das wiederum fühlte sich wohl unbeschreiblich wichtig und geschmeichelt und begann gefährlich mit seinen Augen zu funkeln und zu glühen. Ich schloss zornig und tief bewegt, bis ins Innere aufgewühlt die Augen, aber in mir tobte es. Ich gab mein Äußerstes und rief der Menschin unentwegt zu, wie gefährlich diese Unternehmung jetzt schon wieder sei. Aber diese Frau – sie ist todesmutig, und unter uns gesagt: meiner Meinung nach wird es eines Tages mit ihr böse enden, wenn sie sich immer mit derart gefährlichen Tieren abgibt. Doch endlich, endlich kam sie etwas zur Vernunft. Sie hielt das Menschenrenntier an, packte mich vorsichtig aber bestimmt und strich mir beruhigend über mein Haupt. Doch noch während ich ansetzte aufzuatmen, steckte si' mich in einen Korb und hob mich einfach mitsamt meinem Gefängnis hoch. Ohnmächtig vor Zorn und Schmach tobte ich darin umher: zuerst schmeichelnd, dann mehr und mehr die Beherrschung verlierend, beschwörend und betörend mich endlich gehen zu lassen. In meiner seelischen Unruhe bemerkte ich nicht einmal, dass ich mittlerweile abgestellt wurde und mir ebenfalls sehr aufgebrachte dunkelbraune Augen durch das Korbgeflecht entgegenlugten.

„Hams di o herbracht?" brabbelten die Augen. Sofort fasste ich mich, zumindest dem Anschein nach, und setzte mein adliges Pokerface auf. „Junger Mann, auch wenn wir in einer misslichen Situation sind: Bitte beherrschen Sie sich mitsamt Ihrer zügellosen Stimme und gewöhnen Sie sich endlich Anstand an.," fauchte ich. „Man stellt sich, einen Gentleman, in jeder Lebenslage, zumindest kurz und höflich vor", erklärte ich mit Würde. „Grias enk, dös hab I net gwusst, dass I so an hohen

Hean begegne. Wissns, I bin da Feadinand und hab ma an Hax faschtaucht. Aba deswegns bin I do, beim Dok, oiso, Pfiad Enk, I wead grod gholt. "…Und mit diesen gutturalen Lauten entschwand das Katerchen meinem Blickfeld. Ich muss zugeben: er kann wohl nichts für seine ordinäre Sprache – verstanden habe ich ihn dennoch nicht.

Nun ja, auch ich wurde kurz danach mitsamt diesem unästhetischen Korb hochgehoben und schwebte durch die Luft. Ich kam mir vor wie ein Zauberhase und wurde tatsächlich kurz darauf wieder aus meinem Zylinder (ach was schreibe ich denn!!) natürlich aus meinem Korb hervorgezogen. Dennoch war ich zunächst sehr froh, und wollte meiner menschlichen Begleiterin ein paar lobende Worte gönnen – aber mir blieb das Wort im Hals stecken. Wo war ich nun schon wieder? Es roch gänzlich unerquicklich um nicht zu sagen abscheulich. Aber man ist ja von den Menschen so allerhand gewöhnt… Jedenfalls beschloss ich, egal was kommen würde, erhaben und wohlüberlegt zu handeln. Ich stieß präventiv einen wilden Schlachtruf aus und lies mich dann auf etwas wie einen Tisch stellen (er sah nur sehr schlecht designt und sehr metallisch aus). Meine Pfoten fühlten sich bald kühl und unpässlich an. Ein übelriechender Mensch mit allerdings sehr angenehmen Tasterpfoten machte sich an meinem Nacken zu schaffen. Ich bemerkte, wie er durch mein Fell etwas in meinen Nacken stieß und gleich darauf eine kühle Flüssigkeit in meinen Körper rann. Es fühlte sich sehr seltsam an und ich fühlte mich auf einmal schwindlig müde. Als ob sich plötzlich Nebel in meinem Kopf ausbreiten würde. Vor lauter Verwirrung begann ich zu schnurren, als ich in den Korb zurückgesetzt wurde. Ich spürte, wie ich hochgehoben wurde, aber es war mir nur Recht. Der Korb schaukelte beruhigend durch die Luft, meine schweren Augenlider klappten müde zu und ich beschloss ein wenig zu dösen.

28. Juni

ehr verstimmt habe ich die vergangenen Tage verbracht. Gefaucht, wütend geschnarcht und hinterhältig nach den Menschen getatzt. Um die jüngere Menschin habe ich einen großen Bogen gemacht und auch vor dem grauslichen Menschenrenntier habe ich mich tunlichst verborgen. Das verschluckt mich nicht mehr, schwor ich mir, schließlich habe ich scharfe Krallen! Die werde ich das nächste Mal einzusetzen wissen.

Habe heute jedoch beschlossen etwas gegen meine schlechte Stimmung zu unternehmen, das sanftmütige warme Wetter zu nutzen und beim Sonnen auf der Veranda wieder Energie zu tanken. Während ich so träge blinzelnd durch meine Augenlider in die Sonne döste, vernahm ich mit meinen scharfen Ohren unverkennbar und aus nächster Nähe genüsslich schmatzende Kaugeräusche. Wo gefressen wird kann ein von Höhnsdorf nicht müßig herumliegen. Ich sprang also augenblicklich auf - und wen sah ich da im verwilderten Garten, auf der anderen Seite des Reviers? Ein junger Kater mit kurzem schwarzblauem Pelz mit einer seltsam deformierten weißen Pfote. Er blickte kurz auf und lachte mir mit seinen braunen Augen durch das wogende Gras freundlich zu. - Das freundliche Katerchen aus dem Katzenkorb! „Aha, es bewohnt also das benachbarte Revier, das direkt an meine Weißdornhecke grenzt", kombinierte ich haarscharf. Jedenfalls kaute das Katerchen mit dem kurzen schwarzblauen Pelz genießerisch und ausdauernd – und ich nicht. Das musste ich schleunigst ändern. Also miaute ich ihn höflich und freundlich an. Ferdinand, so lautet sein wohlklingender Name (wie ich später herausfand), erkannte mich sogleich und begrüßte mich überschwänglich. Zugegebenermaßen war unsere Unterhaltung zunächst wieder etwas holprig: nach der Begrüßung erzählte er vieles, das ich nicht verstand. Über eine „Griabige Sach" oder er gab derart gutturale Laute wie „Gros" von sich. Plötzlich schlug er die Pfoten vor die Augen, entschuldigte sich und begann augenblicklich meine Sprache zu sprechen. So erfuhr ich hocherfreut, dass er das Graskauen traditionell als Hausmittel anwendet. Seit 1623, stellen sie sich vor, meine Damen und Herren, kaut diese edle Katzenfamilie Gras. Er schwört darauf, seine ganze Familie schwört darauf. Es soll ein altes Hausmittel zur besseren Verdauung sein. Wenn das stimmt! In unserer Familie würgen wir völlig barbarisch und sehr beschwerlich an unserem Gewöll! Traditionen finde ich von Haus aus jederzeit bemerkenswert und so beschloss ich dies gleich nach dem Fünf Uhr Fleisch, das ich wieder in unserer Behausung zu mir nahm, ausgiebig zu testen. In der Tat hatte es sogleich eine durchschlagende Wirkung. Erfreut und dankbar habe ich sofort den guten Ferdinand gerufen und wir kauten genüsslich kollektiv Gras, während uns ein zärtlich warmer Wind unsere wohl gepflegten Sommerpelze durchwühlte. Wir unterhielten uns angeregt über das angenehm ästhetische Gefühl, wenn Magen und Kehle so hervorragend durchgeputzt werden. Ich freute mich sehr, einen so gebildeten, freundlichen Reviernachbarn zu haben und wir plauderten graskauend bis es Zeit für mein Nachtmahl war. Die Hauptfuttermenschin rief nach mir, aber wir waren gerade in einer äußerst interessanten Debatte über höhere Menschendressur vertieft, so dass ich nicht antworten mochte. Als uns die Menschin schließlich unter der Weißdornhecke fand, während wir einträchtig debattierten und Gras kauten, lachte sie, bis ihr die Tränen kamen und rief etwas von Kater-sit in und kiffenden Katern, so dass alle Menschen aus dem Haus gestürzt kamen, uns begafften und ebenfalls lachten. Ich entschuldigte mich beschämt für das unkaterhafte Menschenbenehmen, aber der gute Ferdinand winkte nur lächelnd ab, blinkte mit seinen freundlichen Augen und meinte in seinem warmen Katzentenor: "Sind halt einfach nur Menschen." - Der Ferdinand ist schwer in Ordnung.

P.S.: Ferdinand hat mich zum Gentlemen-Treff eingeladen. Bin sehr angetan.

11. Juli

Die letzten Mücken tanzten im warmen Sommerlicht der untergehenden Sonne noch ihren ekstatischen Blutsaugertanz als ich mich frisch geputzt und ordentlich gestärkt auf den Weg zum Gentlemen-Treff machte. Der Gentlemen-Treff ist eine uralte Vereinigung ehrwürdiger, gebildeter Kater, hatte mir Ferdinand versichert. Nur Kater sind dort zugelassen, um spannende Themen zu diskutieren, die Damen sonst irritieren, langweilen oder sicherlich konsternieren werden, hatte er weiter ausgeführt. Ich hatte amüsiert geschmunzelt und sogleich zugesagt. Und das - obwohl ich Damen liebe, ja geradezu vergöttere. Ferdinand war diesmal der Gastgeber und so hatte ich nicht weit. Ich betrachtete Gedanken verloren eine weitere Mückenwolke, die meinen Weg kreuzte und beschloss kurz vor meiner Reviergrenze noch ein wenig zu rasten. Die letzten Strahlen der untergehenden Sonne verfingen sich golden in den zarten Flügeln der Mücken und verzauberten sie in magische Fünkchen. Ich sog genüsslich die warme Sommerabendluft ein, bewunderte das geheimnisvolle Farbenspiel der Dämmerung. Schließlich trabte ich weiter. Zwischen der Weißdornhecke und der Menschengemüseanlage passierte ich die Reviergrenze und tauchte – in eine viel kältere Luftschicht- und gleichzeitig in Ferdinands Revier ein. Gleich bei meiner Landung bemerkte ich missbilligend wie kurz und hart das Gras dort war. Ich sorgte mich um meine verzärtelten sorgsam gepflegten weichen Pfoten und bedauerte Ferdinand zugleich sehr. Obwohl er ein Gentleman von den Schnurrbarthaaren b^j

zur Schwanzspitze ist, fehlt ihm doch ein wenig Kenntnis in höherer Menschendressur: während meine menschlichen Mitbewohner äußerst selten und nur in einem sehr eng begrenzten Bereich das äußere Revier durch Rasenkurzschnitt verunstalten, praktizieren sie das in Ferdinands Revier mit einer nahezu zwanghaften menschlichen Besessenheit. Sobald die ersten Tau- beziehungsweise Regentropfen von der Wiese getrocknet sind, holen sie ihr brüllendes Rasenmähtier hervor und fahren damit auf ihrem äußeren Revier bis zum Einbruch der Dunkelheit herum. (Dabei dürfte es selbst Mäusen schwerfallen sich unter diesen kurzen Grashälmchen zu verbergen.) Meine Menschen konnte ich sogar soweit dressieren, dass sie den Großteil des äußeren Reviers ohne brüllendes Rasenmähtiers pflegen. Mäuse, Vögel und allerlei köstliches Kriechgetier wird dadurch nicht aufgeschreckt. Sie benutzen dazu einen langen Stock mit einem langen Mähmesser, das in der Sonne hell aufblitzt. Kein Wunder, dass ich ein allseits begehrtes Jagdrevier besitze: nirgendwo sonst vermehrt sich das Kleingetier derart zahlreich und köstlich. Allerdings muss man den Menschen in Ferdinands Revier zu Gute halten, dass sie Ferdinand derart zuvorkommend bewirten, dass er ohne weiteres jederzeit einen Gentleman-Treff abhalten kann. Ferdinand bewohnt neben der Menschenbehausung einen separaten Pavillon, der neben wunderbar weichen Kuschelplätzchen den Vorzug hat, sehr günstig gelegen zu sein. In unmittelbarer Nähe befindet sich nämlich ein Raum, in dem von Zeit zu Zeit köstliche Fleischstücke, Wurst und ähnliche Leckereien lagern. Die Menschen haben dafür einen selbst für Kater äußerst seltsamen Zugang vorgesehen. Es scheint fast so, als hätten sie diesen Zugang besonders schwierig gestalten wollen. Ja, in der Tat geradeso, als ob sie uns Katzen daran hindern wollten, diesen Raum zu betreten. Aber, die Menschen denken einfach nicht katerhaft genug. Einige Fleischstücke verderben sie außerdem leider regelmäßig durch widerwärtige Menschengewürze. Für ein gepflegtes Gourmethäppchen und eine angemessene Portion für das Hauptmahl ist jedoch immer gesorgt.

Mittlerweile war ich jedenfalls vorsichtig, um meine katersanften Tasterpfoten nicht zu verletzen, über die spitzen, harten Grasstoppeln gestakst, hörte schon von Weitem angeregtes Katergemurmel und freute mich auf ein gepflegtes Zusammentreffen. Ich leckte noch einmal sorgfältig meine Lippen, benetzte meine Barthaare, sprang mit einem ausgefeilten Katersatz auf die Eingangsfensterbank und schlüpfte geschickt durch das angelehnte Fenster. Ich spürte, wie augenblicklich alle Gespräche verstummten, funkelte mit meinen Augen abwartend in das angenehm weiche Dunkel des Pavillons und fühlte, wie mich sieben glühende Augenpaare freundlich aber abwartend musterten. Das smaragdgrüne Augenpaar konnte ich sofort Ferdinand zuordnen. Ferdinand sprang fast im selben Moment auf und begrüßte mich erfreut. „Darf ich vorstellen, mein Nachbar, Jeremias von Höhnsdorf. Ein edler Gentleman. Nehmt ihn bitte herzlich in unsere Männerrunde auf." Ein freundliches Miauen durchzog den Pavillon. Ich dankte und setzte mich gerührt auf mein Ehrenplätzchen rechts neben Ferdinand. Der Kater links neben mir, ein schlanker, durchtrainierter Kurzhaarkater stellte sich als Felix Munzepuntze vor. Nach kurzer Zeit waren wir bereits in ein aufregendes Jagdgespräch vertieft. „Ein wahrer Fachmann!" seufzte ich innerlich wohlig auf und ich fühlte mich wohl, wie schon lange nicht mehr. Menschen sind eben nur Menschen. Während ich eines meiner Lauschohren angeregt auf Felix gerichtet hielt, lies ich meinen Blick und mein zweites Ohr herumschwenken. Ferdinand hatte kurz den Raum verlassen – ich nahm an, dass er nach dem Buffet sah.

Spot, Alpha Centauri und Oskar, allesamt edle Siamkatzen mit schneefarbenem Fell und blauen Augen diskutierten eine diffizile Passage einer alten Katzenode. „Ja", sagte Alpha Centauri gerade verträumt, wenn sich bei Mondaufgang dann noch eine Sekund über das a legt…das ist einfach vollkommen. Spot nickte beifällig. „Allerdings müssen wir noch daran feilen, wenn wir die Ode bei Vollmond und klarem wolkenlosen Himmel singen.", warf Oskar ein. "Die Passage bei Vollmond mit Bewölkung klingt auch noch sehr dürftig. „Garfield könnte mit seinem weichen Bass jedenfalls das Solo singen, was meint ihr dazu?"

Neben ihnen lag zusammengerollt Muffin, ein kleines kugelrundes Katerchen. Es schnarchte leise und wohlig und sah fast aus, wie ein braunes, flauschiges Wollknäuel. Garfield, der neben ihm döste, war ein richtiger Gourmetkater. Das sah ich sofort: molliger orange-zimtfarbener Pelz, freundliche Augen, ein gemütliches Bäuchlein, weiche kompakte Wangenpartie. Über seinem ohnehin schon sympathischen Äußeren schwebte seine volle, tiefe Bassstimme, die niemals hektisch werden würde. Auch er lag da, alle viere weit von sich gestreckt, lauschte mit halbgeschlossenen Augen dem Stimmengewirr und kommentierte dann und wann, was ein Kater von Welt eben kommentieren sollte.

Angetan wandte ich mich wieder vollkommen mit beiden Lauschohren Felix Munzepunze zu. Genau als wir angeregt über den Einfluss des Jagderfolgs hinsichtlich der stellaren Konstellation bei der Mäusejagd im Herbst zu diskutieren begannen, rief uns Ferdinand zum Gentlemen-Buffet. „Genießt, delektiert und gourmiert nach Herzenslust! Bitte beherzigt nur die eine Regel – alle gemeinsam – keiner genießt allein!" Garfield war am schnellsten: sofort stürmte er hinter Ferdinand her. Wir anderen schmunzelten amüsiert über Garfield und folgten ihnen – immer noch angeregt plaudernd. Natürlich kannte ich schon den Raum, der so oft mit allerlei Leckereien angefüllt ist – aber diesmal stockte auch mir der Atem: saftiges Fleisch und pralle Würste hingen schwer und würzig von der Decke herab: Für jeden stand ein Futterbehälter mit diversem Fleisch oder köstlichen Innereien bereit, der so groß war, dass sich jeder einzelne von uns bequem mitten in den Napf legen hätte können.(Leider hatten die Menschen einmal mehr beim Anrichten die ästhetischen Vorgaben missachtet: schon wieder diese gelben Plastiktröge ! (Auch wir Katzen speisen lieber von feinstem Porzellan...) Aber dieser köstliche Duft, der diesen herrlich nachtfahlen Raum durchwehte. . Der Mond spiegelte sich appetitlich auf einer frischen Leber. Mir lief das Wasser im Mund zusammen. Garfield neben mir jaulte vor Begeisterung laut auf. Seine Augen leuchteten. Der Speichel tropfte ihm von den Lefzen. „Ferdinand, das ist ja galaktisch.", brachte Alpha Centauri als einziger überwältigt hervor. Ferdinand schnurrte geschmeichelt und erwiderte zufrieden: „Aber gerne" und vollführte (endlich!) die traditionelle Pfoteneröffnungsbewegung. Und dann.. dann hatte ich keine Zeit mehr, auf die anderen zu achten. Ich hörte noch wie Garfield mit Anlauf und einem riesigen Juchzer in seinen Futtertrog sprang, dass die Innereien nur so spritzten, sah aus den Augenwinkeln wie Muffin entzückt auf dem Rand seines Futtertrogs balancierte und nach Würsten schnappte, hörte wie Oskar wohlig seufzte und sehr ungentlemanlike aber dafür umso genussvoller schmatzte. Gierig tauchte ich nun selbst tief in meine Schlachtschüssel und schleckte und leckte genüsslich an frischen Leberstückchen, sog den köstlichen Fleischduft tief ein und begann schließlich zu fressen, als ob es kein Morgen gäbe. „Herrliche Qualität", dachte ich immerzu. Und ich fraß und fraß. „Blutig und frisch – ohne Menschengewürze. Oh, wie deliziös, wie zart." Lustvoll riss ich immer größere Fleischbrocken ab, zerkaute und zerbiss sie, zerfetzte und zerriss sie, lies sie durch meinen Gaumen gleiten, fühlte wohlig, wie sie durch meine Speiseröhre in den Magen glitten und sich dort gemütlich niederließen. Dazu gesellten sich ein Stück vom feinsten Tafelspitz, zarte Lendenscheibchen und ein Stück Wurst, die mir Muffin übermütig zugeworfen hatte – doch da wurde ich auf einmal schrecklich durstig. So perfekt die Speisen vorbereitet waren – die Trinkgefäße hatte Ferdinand offensichtlich vergessen. Wie schade! Ich beschloss kurz nach draußen zu laufen, schnell meinen Durst zu stillen und blitzschnell wieder zu unserem Gelage zurückzukehren. Also nahm ich Anlauf, sprang auf ein Schränkchen und hangelte mich von dort hinüber zur spaltbreit geöffneten Dachluke. Ich kletterte hinaus, schöpfte ein wenig köstlich kühle Nachtluft und witterte nach Wasser. Ich hatte Glück. Direkt unter mir plätscherte ein Menschenbrunnen. Genüsslich trank ich von dem köstlichen klaren Wasser und als ich wieder aufblickte waren Spot, Felix und Ferdinand neben mir. Kurz darauf war die Männerrunde wieder komplett – bis auf Garfield. „Ein Genießer, wie er im Buche steht, wie?", zwinkerte Spot amüsiert. Ferdinand hatte gerade freundlich schnurrend eine Erwiderung auf den Lippen – doch plötzlich stellte er seine Ohren kerzengerade und zuckte nervös mit seiner Schwanzspitze. „Gentlemen", setzte er an und bemühte sich sichtlich um Contenance. Wir sollten umgehend unser Mahl unterbrechen und Garfield verständigen." Felix Munzepuntze kletterte bereits geschickt zur Luke und miaute dringlich. Aber Garfield schmatzte ungerührt weiter. Muffin hopste aufgeregt wie ein Gummiball auf der Stelle und brachte keinen Ton heraus. „Garfield!!!" brüllten Spot und Oskar wie aus einem Mund. Garfield lachte gemütlich von unten herauf, schüttelte freundlich den Kopf und speiste weiter. Mittlerweile hörte ich es nun auch: zwei Menschen knirschten den Weg herauf. Ferdinands größter Mensch, und ein anderer, den ich nicht kannte. „Lass uns das Festmahl ein andermal fortsetzten!", rief Ferdinand vergeblich um seine Contenance bemüht. „Nur ruhig, ich bin eben erst bei der Vorspeise", gab Garfield zurück. Auch ich wurde langsam aber sicher von der Aufregung der anderen angesteckt. „Komm Alpha Centauri, wir holen ihn!", schrie ich entschlossen. Mit funkelnden Augen und peitschendem Schwanz jagte ich zu Luke, vor mir Alpha Centauri. Noch während er sich durchzwängte, brüllte ich „Sie kommen! Ich sehe sie mit einem Licht! Schnapp dir einen dicken Happen und komm!", beschwor ich ihn. Garfield sah mich mit erstaunt an und zog langsam seine rechte Braue hoch. „Ja, dann bin ich mal gespannt auf das Grillfleisch. Für 30 Personen reicht es, meinst du?" „Locker!" prahlte Ferdinands Mensch mit einem polterndem Lachen. Er wankte gewaltig und roch scharf nach verabscheuungswürdigem Menschengetränk. Wir hörten ein Klimpern und bald darauf ein knarzendes Geräusch von der Behausungstür. Alle verbliebenen Gentlemen starrten nun gebannt durch die Luke auf uns drei herab. „Tut doch was!" jaulte Muffin gequält auf und peitschte vor Anspannung dem armen Spot ins Gesicht, dass er beinahe das Gleichgewicht verlor. Alles hing nun von Alpha Centauri ab. Der legte behutsam seine Pfote auf Garfields Rücken und sagte so sanft wie man sonst nur kleinen Katzenbabys spricht „Isis ist da". Garfield hörte augenblicklich auf zu essen. Wie paralysiert sprang er auf. Und dann ging alles ganz schnell. Die Tür wurde aufgestoßen, grell flammte das Licht in unserer Festhalle auf, Garfield, Alpha Centauri und ich witschten blitzschnell zwischen den Füssen der Menschen durch und Ferdinand brüllte hastig von oben „Der Gentlemen Treff ist für heute beendet. Danke für euer Kommen, besonders dir, lieber Jeremias. Auf bald."

„Ja, was war jetzt des?" meinte der eine Mensch. „War da was?" erwiderte Ferdinands Mensch und kratzte sich nachdenklich am Kopf. „Na, ich mach mal besser die Tür zu." Und mit dem Türknall stoben alle Gentlemen davon wie die Staubkörnchen im Wind. Etwas enttäuscht trabte ich nach Hause. Ich hätte schon noch ein wenig Speisen wollen. Etwas gepflegte Konversation wäre ja wohl in jedem Fall noch drin gewesen. Und diese Aufregung, warum denn nur? Und dann hatte selbst ich meine Contenance verloren – und dann auch noch wegen dieser beiden Menschen.. Ich war enttäuscht von mir. Außerdem hätte ruhig einer der Gentlemen auf mich warten können.. Missmutig grummelte ich vor mich hin. Einer wartete jedoch auf mich. Alpha Centauri. Majestätisch saß er exakt zwischen Ferdinands und meiner Reviergrenze und funkelte mit seinen grünen Augen in den unergründlichen Nachthimmel. Als er mich witterte sprang er in Ferdinands Revier und blinkte mir mit seinen freundlichen Augen fröhlich entgegen. Ich blinkte aufmerksam zurück, ließ mich neben ihn auf das stoppelige Gras nieder - unterdrückte einen Schmerzensschrei- wie ungemütlich pieksellig das Stoppelgras doch ist! Wir blinkten, wie es der Brauch ist, eine Zeitlang gemeinsam in den Nachthimmel – bis Alpha Centauri das Schweigen brach. Ich kam mir mittlerweile vor, wie eine Fakirkatze, von der mir mein Lehrmeister immer erzählt hatte. „Du hast dich sicher gefragt," begann er feierlich, "warum.." plötzlich sprang er mit einem Aufschrei auf. „Aaah!! Dieses kurzgeschorene Gras, Fürchterlich! Abscheulich! Widerwärtig! Ich muss bei nächster Gelegenheit dringend mit Ferdinand darüber sprechen. Er muss seine Menschen einfach besser dressieren!" Ich nickte zustimmend und unterbrach ihn hastig. "Lass uns umgehend das Revier wechseln." Alpha Centauri blinkte zustimmend mit seinen Augen und folgte sofort meiner Einladung. Weich landeten wir im Gras und Alpha Centauri schnurrte beifällig. „Jedenfalls," nahm Alpha Centauri nach einer Weile den Faden wieder auf, musste ich dich doch unbedingt informieren, warum unser Gentlemen Treff so abrupt geendet hat. Ich hoffe, du nimmst nicht an, dass das wegen Ferdinands Menschen war." Genau das hatte ich angenommen. Ich beschloss, erst mal gar nichts zu sagen. Ein Höhnsdorf schweigt, hüllt sich in Weisheit und wartet ab. „Isis ist der Grund." Alpha Centauri schwieg und blickte versonnen zu den Sternen. Allmählich wurde ich neugierig. Wer oder was war diese Isis nur. Doch Alpha Centauri schwieg weiter. Der Mond segelte hinter eine dicke Wolke und kam wieder hervor. Die Grillen zirpten friedlich, eine Mücke summte an mein Ohr, es duftete nach einer warmen Sommernacht. Ich wurde langsam ein wenig schläfrig. Irgendwo raschelte es im Gebüsch und ich seufzte wehmütig. Wie gerne hätte ich die Nacht mit einem kleinen Jagdausflug beschlossen. Und ein wenig wurde ich auf Isis, wer immer das auch sein mochte, ungehalten. Mit einem winzigen Hauch von Missmut begann auch ich wieder in die Sterne zu starren. Die Sterne blinkten und schimmerten in ihrem geheimnisvollen Licht. Zarte Wolkenschleier zogen vorbei. Eine sachte, laue Brise erhob sich und wehte meinen Unmut mit den Schleierwölkchen beiseite, so dass der Himmel ganz blankgeputzt leuchtete. Sternenübersät mit Milliarden Sommersternen. Funkelndes Sommersternlicht, wohlig seufzte ich auf und bettete meinen Kopf auf meine weichen Pfoten. Genau da sah ich etwas: dicht bei uns, gleich unmittelbar hinter der Reviergrenze auf Ferdinands Seite bewegte sich etwas: Garfield. Dicht an ihn geschmiegt lief eine extrem schlanke, drahtige, durchtrainierte Katze. Ihr Fell schimmerte im Nachtlicht silbergrau. Ihre engen, schräggestellten Augen glühten smaragdgrün. Sie hatten nur Augen für sich. „Isis!" hauchte Alpha Centauri ehrfurchtsvoll. Die beiden entfernten sich rasch. Als ihre beiden hoch aufgestellten und eng verschlungenen Schwänze in der Dunkelheit verschwanden murmelte Alpha

Centauri nicht ohne Wehmut „Ja, da ziehen die beiden. Eine aparte Katze. Geheimnisvoll. Unergründlich. Eine Schiffskatze, musst du wissen. Keine Schönheit, aber voll Abenteuer. Rauchige Stimme. Hat viel erlebt. Vielleicht zu viel.",setzte Alpha Centauri fast unmerklich hinzu. Alpha Centauri schwieg. Ich bemerkte Fledermäuse an der Hauswand meiner Behausung. Alpha Centauri starrte in die Sterne. Ich fand heraus, wo die Fledermäuse ihre Haupt-, Neben-, und Notfallbehausung hatten und begann gerade zu überlegen, wie ich mich kurz heimlich davonschleichen könnte, um ein paar Exemplare für mein längst überfälliges Mittagsmahl zu erlegen, als Alpha Centauri hinzufügte: "Verschwindet plötzlich wie der Neumond, viele Monde lang. Deswegen rufen wir Garfield sofort, wenn wir sie wittern." „Das sind wahre Gentlemen." schnurrte ich anerkennend. „Der arme Garfield, er muss sie so oft entbehren. Gut, dass er den Gesangverein hat und den Gentlemenclub.", fügte er hinzu.

Ich schmunzelte innerlich über Alpha Centauri. Mein untrügliches Gespür für Mitkater hatte mir bei Garfield sofort gemeldet: Jemand wie Garfield kann nichts erschüttern. Außer eine unfreiwillige Diät vielleicht. Dieser Alpha Centauri. Er muss noch sehr viel über unerschütterliche Genusssucht lernen und selbstredend von Frauen im Allgemeinen und besonderen. Carpe diem – sag ich da nur. Jeden Augenblick! Das Beste, was der Kater tun kann, ist fröhlich zu sein, zu fressen und sich zu freuen, dass er lebt, solange er lebt. ..Und diese Isis mit ihren schräggrünen Augen – pah! Da brennt ein Feuer, dass Garfield für viele Monde warmhält... da kann er von Isis Abenteuern träumen: von dem leisen Zischen der friedlichen Wellen, von den vor Angst piepsenden Schiffsmäusen, wenn der Sturm brüllt, von den ruhigen, heimwehgeschwängerten Nächten, an denen das Meer wie glattgebügelt ist und der goldene Mond strahlt und sprungweit nah zu sein scheint. Vom Duft des salzigen Meeres, wenn er sich mit den sonnentrunkenen Gewürzpflanzen vermischt mit Lavendel, Wacholder, dem Grillenzirpen und knusprigen Kleintieren. Mein Magen knurrte. Alpha Centauri seufzte. Ach Isis, murmelte er halblaut. Sein Unterkiefer zitterte unmerklich. Oje, jetzt verstand ich endlich und empfand großes Mitleid mit ihm. „Ach Alpha", brummelte ich tröstend. „Du wirst deine persönliche Isis sicherlich auch bald kennenlernen. Zu deinem Fell würden dunkelbraune Augen ohnehin viel besser passen. „Wirklich?" meinte Alpha Centauri zögerlich. „Aber ja." bestätigte ich ihm aus tiefstem Herzen. Ich rang ein wenig mit mir und fügte dann hinzu: Ich hatte einmal einen katerhaften Freund. Von klein auf kannten wir uns. Wir wussten so viel voneinander, dass es unklug gewesen wäre, nicht miteinander befreundet zu sein. Nun, wie soll ich das nun ausdrücken – nun, er kennt Isis auch." Nun schwieg ich eine Weile bis die Sterne verblassten. „Besser, man hat eine Katze für sich. Besonders, wenn man so einen einzigartigen Namen wie Alpha Centauri trägt, nicht wahr.", setzte ich freundlich nach. Alpha Centauri schnurrte dankbar und zustimmend. „Jedenfalls sollten wir schnell die beiden Mäuse dort unter dem Himbeerstrauch als Imbiss nehmen", fügte er ein wenig verschämt hinzu. „Sie duften schon die ganze Zeit so verführerisch."

Wenig später saßen wir einträchtig kauend unter dem Himbeerstrauch und begrüßten die ersten Sonnenstrahlen. Alpha Centauri gähnte herzhaft. „Tolle Mäuse.", bemerkte er anerkennend. „Danke für überhaupt alles. Wirklich schade, dass dein Revier so weit entfernt von meinem liegt." „Jederzeit wieder. Du kannst gerne noch ein wenig bei mir." Das Jagen hatte mir Spaß gemacht und ich hoffte wirklich, Alpha Centauri zur Jagd auf den Kornfeldern, die an mein Revier grenzen, als

Gast begrüßen zu dürfen. Wir verabschiedeten uns höflich und ich rollte mich bald darauf auf mein gemütliches Plätzchen ein und begann zu träumen. Und wovon träumte ich in dieser Nacht – von Isis.

16. Juli

Heute war ich, Jeremias von und zu Höhnsdorf, in beschaulicher Stimmung. Den Tag habe ich nach alter Tradition in der kühlen Behausung der Menschen verschlafen, während draußen die Hitze brütete. Der Abend und die beginnende Nacht waren lau. Ich sah unzählige Sternschnuppen, der Mond schien bedächtig und kleine Glühwürmchen leuchteten ihr geheimnisvolles grün. – Kurzum es war sehr romantisch. Die Menschen putzten sich fleißig, bereiteten fantastisch duftendes Essen zu und entfachten ein grässliches Feuer, das die Menschen allerdings sehr genossen. Sie legten eine Art Gitter über das Feuer und ich wunderte mich wieder einmal sehr über sie. Zunächst - so muss ich im Nachhinein zugeben - war ich gar nicht so sehr an ihrem Treiben interessiert; denn heute war ich verabredet – endlich! Mit dem Traum meiner schlaflosen Nächte an einem perfekten Abend wie es in 7 000 000 Katzengenerationen wohl nur einen gibt! – ganz zu schweigen von meiner Verabredung: zarte lange Schnurrbarthaare, weiche milde zimtfarbene Augen, seidiges Fell, rassige Krallen und die erotischste Stimme, die ich wohl je vernehmen werde. Traumverloren saß ich auf einem dieser bequemen Menschenruhestätten, die sie freundlicherweise außerhalb ihrer Behausung aufgestellte hatte und döste in seligster Ruhe als ich plötzlich einen feinen Hauch einer erregenden Witterung vernahm. Nein, meine Angebetete war es nicht, sondern Gott seis getrommelt und gepfiffen Würste! Fleisch! Spießchen! Leckerschmeckereien! ...alles in einen zarten, anregenden, lieblichen Duft gehüllt, der sich unaufhaltsam und unwiderstehlich auf eine geradezu aphrodisierende Art in meine erotische wohlgeformte Nase kitzelte. Magisch angezogen riß ich die Augen weit auf und setzte mich in einem Jahrhundertsprung exakt neben alle diese Köstlichkeiten – und dann versank um mich die Welt! Ich leckte mir noch einmal ganz leicht und fein über meine Lippen und dann schleckte ich und leckte und schnabulierte, mampfte und genaß, ließ mir die Köstlichkeiten auf der Zunge zerschmelzen, zerbiss und zerkaute und fiel schließlich in einer unendlich wilden Orgie in einen extatischen Trancezustand über all diese Herrlichkeiten her, bis ich beim besten Willen nicht mehr konnte. Als ich mich gebührend gesäubert hatte, lief ich zu meiner Hauptfuttermenschin in den Speisenzubereitungsraum und strich ihr zärtlich und dankend um die Beine und schnurrte anerkennend. Sie wunderte sich sehr, dass ich nichts speisen wollte, obwohl sie mir sehr köstliche Häppchen zusteckte. Dafür streichelte sie mich sehr zärtlich. Zärtlich – meine Verabredung! Ich muss los! Während ich glücklich durch die hohen schwankenden Gräser hüpfte, dass die Pollen nur so flogen hörte ich die Menschen erbost und erregt rufen. Irgendetwas muss an meinem Sitzplätzchen im Freien vorgefallen sein! Nun ja, ich muss trotzdem los, die laueste aller Nächte nutzen: ein deliziöses Mahl ist die Grundlage für eine vollkommene Liebesnacht!!

24. Juli

Von Zeit zu Zeit sollte man – wie Ihnen selbstredend bekannt ist, meine Damen und Herren – sein Revier auf das Sorgfältigste sichern und markieren. Denn hin und wieder durchstreifen unautorisierte Eindringlinge selbst mein Hochsicherheitsrevier. Besonders ein impertinenter rot gescheckter Angoramischlingskater durchquert des Öfteren rücksichtslos und unangemeldet mein Revier. Auch Ferdinand, mein treuer Freund und Nachbar ist häufig konsterniert über sein Auftreten. Sofort haben wir eine Sicherheitskonferenz einberufen. Unser Abwehrplan besteht nun – selbstverständlich nach der vorgeschriebenen After- und Nasenkaterkontrolle – aus

- A, bösartigem Anfauchen (mit Katzenbuckel und gesträubten Haaren)
- B, zornigem Taxieren (ja nicht aus den Augen lassen!)

Anm. a, Wenn möglich, wild mit den Augen funkeln, dass sie zu sprühen scheinen. Ferdinand schwört darauf, zwischendurch wild mit den Tatzen zu wirbeln und zu fauchen, um einen Kampf zu provozieren, damit der Gegner gleich weiß, woran er ist. (In manchen Beziehungen ist er wohl noch etwas unerfahrener als ich...)

Anm. b, Ich bevorzuge es, mich ohne Kampf aus der Affäre zu ziehen. Erstens duelliert sich ein von Höhnsdorf nicht mit jedem dahergelaufenen Kater. Und zweitens - und das ist mir fast noch wichtiger – könnte ja mein Prachtpelz (nicht auszudenken, welche Folgen dies für die Pelzpämierungsfestivität hätte!) darunter leiden. Meine Krallen könnten in Mitleidenschaft gezogen werden oder mein katerhafter Katzenbass verstummen und – mein Gott, nicht auszudenken, was nicht noch alles. Ich konstatiere also: ein Jeremias von Höhnsdorf funkelt lieber mit den Augen was das Zeug hält.

- C, Urplötzlichem lauten Aufjaulen und den erschreckten Gegner aus dem Revier treiben.

(Garfield empfiehlt nachdrücklich Ruhe zu bewahren und den anderen ordentlich zu versohlen. Ich bin aber dagegen. Siehe Anmerkung b)

Soweit die Theorie. Leider, meine Damen und Herren, hilft selbst die beste Katerstrategie nichts, wenn sich Menschen einmischen. Aber lesen sie selbst:

Als ich heute gut gelaunt von meinem dritten Frühstück erwachte, lauschte ich genüsslich der herrlichen Stille. Die Menschen waren endlich alle ausgegangen. Doch als ich von meinem Lieblingsplatz an der Veranda nach draußen spähte, sank meine Stimmung. Dort saß wieder einmal dieser rote Angorakater. Wie er da so lag: selbstherrlich und prächtig – am Gartenteich ruhend. Als ob er der Herr im Hause wäre! Zorn keimte in mir auf. Ich knurrte. Wütend und lang gedehnt. Was fällt diesem unverschämten Eindringling ein, sich an meinem Gartenteich niederzulassen und sogar – nicht auszudenken - meine Fischbestände zu plündern und sich zu verköstigen!!! Wütend und wuchtig sprang ich gegen die Glasscheibe – sie donnerte zwar effektvoll - aber sie öffnete sich nicht. Ich stellte mich auf die Hinterpfoten und kratzte mit meinen Krallen wie besessen - aber sie glitten nur ab. Zum ersten Mal in meinem

Katerleben konnten sie überhaupt nichts bewirken: die Tür bewegte sich nicht einmal. Ich schrie und tobte – der Kater blinzelte nicht einmal. Gelangweilt gähnte er in meine Richtung. Das allein brachte mich schon fast zur Weißglut. Und diese Menschen. Wenn man sie einmal brauchen würde, dann sind sie nicht da. Und sperren einen ehrwürdigen Gentleman, der sein Revier, Haus, Hof und seine Ehre verteidigen will einfach weg! Ich musste erst einmal kräftig schreien, mich vor Wut und Aufregung vor dem Menschentagesruheplätzchen übergeben und schließlich nochmals lauthals schreien, weil ich mich so schrecklich elend fühlte. Draußen erhob sich der rote Kater betont langsam und behäbig, gähnte noch einmal ausgiebig und strich dann mehrmals provozierend und stolz vor meiner Verandatür auf und ab. Glotzte mich hämisch an und trottete schließlich aufreizend langsam und Po-wackelnd in Richtung Apfelbäume aus meinem Blickfeld. Ich schäumte vor Wut. Diese Menschen! Mich so zu demütigen. Rasend vor Zorn jagte ich durch die Behausung, zerfetzte rücksichtslos sämtliches greifbares Raschelpapier und markierte sicherheitshalber vor lauter Aufregung die ganze innere Behausung der Menschen penibelst. (Sie hatten mich bereits des Öfteren gebeten es zu unterlassen Aber sie haben ja keine Ahnung. Sie sehen keine Notwendigkeit darin, diese unsensiblen Zweibeiner!) Bis wir unser Revier einmal an dieses Rothaar verlieren!!!

Endlich, endlich – nach einer halben Katzenewigkeit hörte ich die Menschen zurückkommen. Als der jüngste menschliche Mitbewohner die Behausungstür öffnete, nutzte ich sofort die Chance, sauste nach draußen und tobte wie ein Wilder im Revier umher um ein wenig Schadensbegrenzung und Prävention zu betreiben: ich markierte, was man nur markieren konnte und begann vorsichtshalber noch einmal von vorn und überprüfte schließlich noch einmal alle markanten Duftmarken.

Erschöpft sank ich schließlich unweit der Himbeersträucher zu Boden – doch was musste ich noch im Niedersinken durch den Zaun erblicken! Aus dem grünen wogenden Kornmeer, das sich hinter die Himbeersträucher anschließt, tauchte plötzlich ein grau getigerter Katzenkopf auf. Schon wieder ein Eindringling! Alarmiert und erregt sprang ich auf. Doch meine ärgerliche Erregung schwenkte schnell in eine durchaus prickelnde um. Eine grazile, weibliche Kätzin sprang anmutig in mein Revier und miaute wohlklingend und höflich um eine Passage. Tja, meine Damen und Herren, so angenehm kann es auch von statten gehen… Erfreut sprang ich auf und führte sofort zuvorkommend und – wenn ich das anmerken darf, sehr gerne und bereitwillig - die Nasen- und Afterkontrolle durch. Ich hoffe dennoch, dass sie noch etwas bleibt. Wegen mir muss sie das Revier auf keinen Fall verlassen.

1. August

eute, Ladies und Gentlemen muss ich meinen Widerwillen bekunden! Eine meiner Menschinnen macht mir zurzeit große Sorgen:
-Seit mehreren Wochen leistet mir das jüngere Menschenfrauwesen nun abends Gesellschaft. Sie sitzt herum, raschelt wild mit Papier und fährt mit einem Stöckchen auf dem Blatt herum. Ich finde das sehr lustig, aber sie lässt mich nie mitspielen -in letzter Zeit hat meine Dressur nicht mehr gut gewirkt: ich musste sehr deutlich schreien, bis sie mich gestreichelt hat und sie war sehr gedankenverloren beim Zubereiten meiner Speisen. (sonst bekomme ich dann auch nie eine derart opulente Auswahl an Speisen – aber das könnte ruhig so bleiben…)

Die heutigen Geschehnisse übertrafen jedoch alles: Die Menschin ist bei Morgengrauen aufgestanden, war sehr unruhig, sie hat gezittert und ihre Augen haben gefunkelt. Sie hat mich hochgehoben, fest an sich gedrückt, mich zärtlich gestreichelt und geflüstert: Heute habe ich Prüfung, Jerry." Eigentlich hasse ich Kosenamen, aber meine gute Erziehung und meine ausgeprägte Sensibilität und mein großes Herz für Damen besiegte meinen zarten Groll. Plötzlich tropften zwei große Tropfen aus ihren Augen und schillerten zu Boden, bis sie in tausend Tröpfchen zerbarsten. Sie drückte mich fest und zitterte ein wenig. Ich begann sanft zu schnurren. Sie hatte Angst, obwohl gar kein Ungewitter war, das verstand ich nun beim besten Willen nicht. Menschenprüfung? Was das wohl sein mochte?!

Bis sie das Haus verließ, strich ich ihr zärtlich um die Beine und sie lachte wieder ein bisschen. Ich beschloss mich ein wenig aufs Ohr zu legen und wartete.

Als sie zurückkam sprang ich geschmeidig aus meinem Versteck und spürte sofort, dass sie traurig war, unendlich traurig. Sie wollte nichts speisen, wie die anderen Menschen, sondern tropfte fürchterlich mit ihren Augen. Ich schnurrte vorsichtig an sie heran und kuschelte mich fest an sie. Sie schluchzte ein wenig und nahm mich auf das sonst streng verbotene Ruheplätzchen von ihr. Ich schnurrte beruhigend und zärtlich, bis sie eingeschlafen war und nicht mehr schluchzte.

Jedenfalls möchte ich bemerken, dass Menschenprüfungen untauglich sind und ich nicht nachvollziehen kann, warum sie Menschen so traurig machen. Hätte ich mich jemand über meine Menschin befragt, dann hätte ich schon gesagt, dass es keiner weiteren Prüfung bedarf. Sie ist prima, so wahr ich ein Höhnsdorf bin.

5. August

Deliziöse Speisen, Gourmieren, ergötzliches Delektieren, in Genüssen schwelgen – ja, meine Damen und Herren, dafür lebe ich! Selbst wenn ich dafür noch so große Strapazen auf mich nehmen muss! Doch ich will von vorn beginnen: Unerquicklich brütete die Sonnenglut schon seit mehreren Tagen über meinem Revier, so dass ich mich – kaum war die Sonne aufgegangen – im Tau glänzenden Schilf unweit der Veranda verbarg. Die unbarmherzigen Sonnenstrahlen konnten mich dort nicht erreichen und mein zartes Sommerfell versengen – oder mir andere Unpässlichkeiten zufügen. Routiniert nahm ich auch an diesem Morgen meine Meditationshaltung ein und begann augenblicklich zu dösen. Als der Morgentau von der Sonne fast weggeschlürft war, hörte ich die Hauptfuttermenschin den Gartenteich hinaufknirschen. Sie weckte das riesige Menschenrenntier, das selbst bei brütender Hitze vor der Behausung warten muss, und schob ihm Körbe ins Maul. Die Menschin schickte sich also an jagen zu gehen! Ich begann beifällig zu schnurren. Allerdings möchte ich anmerken, dass ich es bis heute unsäglich finde, dass sie dazu das hässliche Menschenrenntier benutzt. – Dennoch hatte sie beim Jagen damit immer großen Erfolg. Das muss ich allerdings zugeben. Die Idee mit den Körben und der damit verbundenen Bevorratung finde ich grundsätzlich bemerkenswert. Da die Menschen aber sehr viel und sehr unterschiedliche Beute mit nach Hause schleppen, kommen sie nicht umhin, ihre Beute zu horten und aufzuteilen. Sie unterscheiden sich dadurch erheblich von anderen Raubtieren – insbesondere von Katzen. Wir Katzen fressen nur das, was wir selbst erlegt haben oder von Menschen serviert bekommen. Im Gegensatz zu anderen Raubtieren fressen die Menschen ihre Beute nicht sofort – und sie teilen sie seltsamerweise auch nicht nach Rang auf – sondern jagen nach völlig unterschiedlichen Dingen die der einzelne Mensch in unserer Behausung liebt - was ich übrigens sehr begrüße. Der größte Mensch beispielsweise liebt wie ich Fleisch und Wurst, die Hauptfuttermenschin widerwärtige Dinge wie Obst und die Menschenkinder Menschensüßigkeiten in herrlichem Raschelknisterpapier. Bei diesem Ritual ist es wichtig, sofort nach Eintreffen der Hauptfuttermenschin möglichst schell die Beute zu ergattern (für die Menschen) oder in den Korb zu springen (für Katzen) oder aufdringlich und durchdringend zu rufen und zu kreischen (gilt für Menschen und für Katzen). Dann erhält man seinen Anteil von der Hauptfuttermenschin, bevor sie die Beute weiter rationiert. (Dieses Rationieren ist meiner Ansicht nach ein äußerst überflüssiges, dummes Ritual, das den Vorteil der Bevorratung erheblich minimiert.) Ich jage jedoch nach der optimierten Philosophie FFU friss frisch und unverzüglich. Dazu benötigt man Tatzenspitzengefühl, Taktik und scharfe Krallen. Teilen muss ich meine Beute nie!... Tja, nicht jeder hat das unverschämte Glück als Katze geboren zu sein... Doch ich schweife ab. Ich meditierte also im Schatten spendenden Schilf, sah die Libellen tanzen und schweben, das hässliche Menschenrenntier verschwinden und beschloss vom zarten Meditieren in einen erholsamen Schlaf hinüberzugleiten. – Selbstverständlich nicht ohne meine Präzisions-Jagdsinne auf die Rückkehr der Hauptfuttermenschin umzustellen. Als ich wieder vom Schlaf zum Meditieren zurückkehre, linste ich träge durch meine halbgeöffneten Augen und sah durch die flimmernde Hitze DAS Menschenrenntier!!!!

Die Hitze hatte selbst meine geschärften, jahrelang erprobten und bestens funktionierenden Jagdsinne gestört! Entsetzt starrte ich hellwach auf das Menschenrenntier, das wiederum blöde zurückglotzte und glänzend und unbeweglich in der gleißenden Sonne stand. Und – oh heiliger Katzenschreck – auch die Menschin war bereits im Haus verschwunden! Hoffentlich hatte die Verteilung noch nicht begonnen! Das wäre in der Tat ein unwiederbringlicher Gourmet-Genuss-Verlust! Mit weit aufgerissenen Augen und vor Hitze und Aufregung trockenem Rachen glitt ich flink wie ein Windhund durch das Schilf, sprengte achtlos die Gartenzwerge, die sich mir unachtsam in den Weg stellten, beiseite, hetzte weiter und verbrannte mir auf den nahezu glühenden Steinen auf der Veranda fast meine superweichen Pfoten, sprang atemlos in die Küche – und landete exakt neben dem Korb. Bevor sie sich nun Hoffnung machen, meine Damen und Herren, mit mir den Beutekorb mit all seinen Herrlichkeiten zu plündern, sag ichs lieber gleich: der Korb war völlig leer, die Hauptfuttermenschin nicht zu riechen und schon gar nicht zu sehen – ich war zu spät zur Verteilung gekommen! Plötzlich fühlte ich mich schrecklich schwach, meine Pfoten schmerzten, mein Rachen war trocken und rau wie ein Reibeisen. Mit letzter Kraft schleppte ich mich mit lahmen Pfoten zum Futternapf – doch was musste ich da entsetzt feststellen: er blinkte vor Sauberkeit und gähnender Leere. „Wenigstens ein Schluck erquickendes, kühles Nass," dachte ich traurig und zutiefst enttäuscht. Doch – sie ahnen es schon, meine Damen und Herren – auch dies blieb mir verwehrt! Ich musste also zum Äußersten, zur drastischsten Maßnahme greifen, die mir überhaupt bekannt ist: Die Tafel der Menschen mit all ihren Futternäpfen inspizieren! An dieser Stelle muss ich zunächst einmal anmerken, wie seltsam und unpraktisch es mir anmutet, die Futternäpfe auf den Tisch zu stellen und dort zu tafeln. Wie viel einfacher und bequemer wäre es doch für die Menschen, alles auf den Boden zu stellen (wo sie doch sowieso derart hässliche und effektive Tiere den Boden lecken lassen). So könnte man sofort erkennen und unkompliziert wittern, was sich darin befindet. Aber ein von Höhnsdorf meistert auch schwierigste Herausforderungen. So witterte ich exakt und missbilligend, dass wohl die Hauptfuttermenschin die Speisen ausgewählt hatte – kein Fleisch, kein Fisch, keine Würste – etwas widerwärtig Gesundes für Menschen. Abscheulich!!! Aber was half es – besser das gesunde Gemüse herunterwürgen, als verhungern. Ich atmete also tief durch, setzte in einem Jahrhundertsprung behände auf den Tisch – nicht einmal die Futternäpfe klirrten. Noch während ich aufsetzte sah ich, dass die Menschen eine große, grüne Kugel zerteilt hatten, die innen rot ist und in der winzige braune Kernchen stecken. Die Scheiben hatten sie auf die Futternäpfe verteilt. Dort glänzten sie für ein, widerwärtiges Gemüse erstaunlich frisch und appetitlich. Ich schnupperte vorsichtig daran und inhalierte sogleich begeistert den saftig süßen Geschmack ein: eine herrlich erfrischende Speise für eine durstige Kehle an einem heißen Tag! Genießerisch leckte ich den Saft von dieser kugeligen katerwürdigen Gourmet-Menschenfrucht und biss und schleckte und schmatzte in die nächstgelegene Scheibe bis ich das kühlende Nass der Frucht aufgeschlürft hatte und mich der nächsten Scheibe zuwandte, die ich zerknurpste und zerschleckte. Ich fühlte mich herrlich erfrischt, locker leicht und dennoch satt und zufrieden. Beschwingt sprang ich vom Tisch, dass mein Magen nur so gluckerte und kauerte mich unter einen herrlich Schatten spendenden Busch. Natürlich mit Blick auf die Menschenfrucht vielleicht würde ich ja bald wieder durstig. Satt und zufrieden glitt ich in einen heiteren Traum, der sich sehr bald in einen sehr heißen Traum verwandelte.

Ich träumte, ich läge den unbarmherzigen Strahlen der Sonne ausgesetzt auf dem Rücken des glühenden Menschenrenntieres. Verzweifelt versuchte ich herunter zu springen, um zu der Hauptfuttermenschin zu gelangen, die laufend volle Körbe aus dem Auto schleppte. In jedem Korb lag eine appetitlich grün glänzende kühlende Kugelfrucht. Ein jäher heller Schmerz durchfuhr meinen prächtigen Schwanz. Ich wollte wütend fauchen, aber meine Kehle fühlte sich rau an und meine Zunge schien an meinem Gaumen zu kleben. Meine Pfoten glühten, meine Nase war trocken und heiß, ich schwitzte und schwitzte unter meinem sonst so wundervollen seidigen Pelz. Erhitzt fuhr ich aus dem Traum und stellte erzürnt fest, dass der jüngste menschliche Mitbewohner eben mit einem seiner grässlichen Bälle um ein Haar meinen wundervollen Schwanz berührt hätte. Tagelang würde ich nun an diesen unpässlichen traumatischen Erlebnissen: der verpassten Verteilung, dem Durst quälenden Traum und nun an den Folgen einer diskreten Haarwurzelerschütterung laborieren müssen! Zum Trost und zur Schmerzlinderung lief ich noch einmal zu der wundervollen Frucht und fraß das größte Stück ratzekahl auf. Manchmal muss man der Verteilung eben ein Schnippchen schlagen! Meine Ruheplätzchen werde ich jedoch von nun ab in der schützenden Kühle des Hauses suchen.

21. August

Kaum war heute die Sonne aufgegangen, begann sie jede Feuchtigkeit aufzulecken, die sie auch nur erahnen konnte – und es wurde unpässlich heiß. Ich zog es deshalb vor, mich auf das erhöhte Ruheplätzchen mit der wundervollen Kühlung zurückzuziehen. Doch obwohl es so erquicklich temperiert war und ich mich wunderbar fühlte, befiel mich ein schrecklicher Durst. Träge spähte ich über den Rand der erhöhten Kuhle und erblickte zu meinem großen Erstaunen einen Wasserspender, den ich noch nie bemerkt hatte. Jemand muss ihn wohl verdeckt haben! Entzückt sprang ich auf den Boden, streckte mich soweit ich konnte vor, und trank von dem erquicklichen, köstlichen Nass. Plötzlich riss der kleinste menschliche Mitbewohner den Zugang zu dieser Behausungseinheit weit auf und glotzte mich entgeistert an. Ich meinerseits starrte indigniert zurück: Dieses Individuum troff nur so von Wasser und hinterließ überall feuchte Pfützen – aber seine Füße übertrafen alles: sie waren wohl durch die Hitze verändert und sahen aus, wie bei einer Ente. Jedenfalls quatschte dieses Ungetüm auf mich zu und schrie gellend irgendetwas von „Klo" und „Kater trinkt daraus". Verstanden habe ich seine Worte zwar nicht, aber sein impertinenter Tonfall empörte mich. Ich unterbrach meine Labsal und stolzierte mit hocherhobenem Schwanz außer Reichweite dieses tropfend-schreienden Ungeheuers. Den Wasserspender werde ich jedoch weiter empfehlen.

7. September

Längere Zeit habe ich nun meine Aufzeichnungen vernachlässigt. Die Sonne ist jetzt vernünftiger geworden und sorgt nicht mehr für derart anstrengende Temperaturen – aber ich schweife ab: Seit letzter Woche ist ein anderes Tier im Haus. Ich muss zugeben, ich war gekränkt, dass es ohne Anfragen einfach in mein Revier eingedrungen ist. Auch und besonders deswegen, weil es mehrere Male so groß ist wie ich. Es wollte mich sogleich angreifen. Aber ich zog es vor, mich zurückzuziehen. Sein Verhalten habe ich genauestens studiert: ist es erregt, bellt es Furcht erregend. Ist es wütend, grollt es wie ein Unwetter. Ist es traurig, winselt und quietscht es erbärmlich. Freut es sich, benimmt es sich wie ein Wilder – fast wie ein Mensch; außerdem peitscht es mit seinem Schwanz.

Es bekommt viel mehr Speisen als ich – aber ich habe mir das nicht gefallen lassen, sondern mich kräftig aus seinem Napf bedient. Es verhält sich unselbstständig, und ich bin gänzlich schockiert, wie sich ein ausgewachsenes Tier so auf die Menschen verlässt – und so viel gefallen lässt! Beispielsweise wartet es, anstatt die Menschen auf Türöffnen zu dressieren darauf, dass ein Mensch es anbindet und mit ihm spazieren geht. Dabei ist es viel schneller und kräftiger als so ein Mensch. Ich bin gänzlich erschüttert über so viel Unverstand!

Es macht keinen Versuch etwas richtig Verbotenes zu tun (z. B. auf den Tisch zu springen oder sich auf das Ruheplätzchen der Menschen zu legen). Es macht genau das, was sie von ihm verlangen - selbst, wenn es keine Lust dazu hat!! Mich streicheln die Menschen auch so…. Und herumgetragen hat das große Tier auch noch niemand! Wieso soll man den Menschen folgen – sind sie etwa klüger als wir? - Nein, Nein, meine Damen und Herren, sie sind genauso dickköpfig wie wir Katzen!

Nur eines hat mich überzeugt: Sein herrisches Herumliegen mitten im Raum und sein erfolgreiches Bitten um Speisen. Das werde ich jetzt genauso machen. Achtung, o Schreck, die Kreatur ist wieder bei mir und will mich beschnüffeln. Ich genieße lieber die Freiheit und streife durch die Felder!! Es lebe die Freiheit!

19. September

Als ich mich heute zu meinem frühmorgendlichen Gourmetschlaf einkuscheln wollte, gab die Sonne eine atemberaubende Vorstellung: zunächst aquarellierte sie in den zarten Morgennebelschleier hauchfeine rotgelbe Nuancen, um in einem majestätischen Gelbfeuerwerk schließlich strahlend selbst zu erscheinen. Ich sog genüsslich den warmen wehmütig-zärtlichen Duft dieses frühen Altweibersommertags ein, der beschwingt die Gardine vor meinem halbgeöffneten Fenster flattern lies. „Heute werde ich ein ausgiebiges Sonnenbad nehmen." beschloss ich entzückt. Ich sprang behände durch das Fenster, und suchte mir das weichste und trockenste Plätzchen und räkelte mich behaglich. Es roch nach reifen Beeren, trockenem Moos, ersten fallenden Blättern und warmer Erde. Ganz weit hinten im benachbarten Revier sonnte sich auch schon Ferdinand. Taktvoll wie ich bin, wollte ich ihn aber nicht stören und streckte alle Viere noch einmal genüsslich und ausgiebig von mir – alle meine Sinne der herrlich warmen Sonne entgegen. Ich schloss genießerisch die Augen und ließ die pure solare Energie in meine Glieder strömen. „Das gibt Energie für den Winter", dachte ich zufrieden und döste angenehm ein. Ich erwachte davon, dass mich eine zärtliche, erfahrene Hand liebevoll kraulte. Genießerisch und mit geschlossenen Augen wälzte ich mich unter den wundervollen Kraulehänden und schnurrte wohlwollend. „Na, Du Katerchen, genießt Du auch die letzten Sommersonnenstrahlen?" lachte die jüngere langhaarige Menschin. Ich schnurrte beifällig und verstand ganz genau, was sie sagte und war sehr zufrieden. Um die Menschin ein wenig zu erfreuen, spielte ich noch ein wenig mit ihr. Sie hatte wieder extra eine Schnur für mich hervorgeholt und ein Glitzerglatzerpapier daran gebunden und schleifte sie durch das halbe Revier. Ich finde das Spiel eigentlich nicht so toll, aber, wenn es der Menschin gefällt.... Schließlich war die Menschin von dem Spiel ermüdet und sie wandte sich dem Revier zu. Wild schnitt und riss sie an den Pflanzen, stieß energisch mit einem langen Stab in die Erde und begann alles sehr erfolgreich zu verunstalten. Ich schnurrte beifällig. Plötzlich stieß sie an die Brombeerhecke und ließ eine ganze Wolke knusperzarter Schmetterlinge auffliegen. „Wie entzückend!!! Mir so eine Freude zu bereiten – sofort werde ich sie jagen!" frohlockte ich. Uns als hätte er meine Gedanken gehört tanzte genau über mir ein reizender Schmetterling. Genau der Richtige für meine freundliche Menschin! Ich konzentrierte mich, fixierte den fröhlichen Flattermann und erledigte ihn sauber und blitzschnell mit meiner rechten Jagd-Tatze. Beschwingt nahm ich die Beute vorsichtig in den Mund und legte sie meiner edlen Menschin zu Füßen. Die machte gerade selbst Beute und riss lange dünne grüne Schoten von einem Menschengemüse ab – und bemerkte mich nicht einmal. „Miau!" rief ich stolz und triumphierend. Sie drehte sich zu mir um und lachte. „Na, Katerchen." Was gibt's denn?" Da bemerkte sie den Schmetterling.

„Oh nein, der arme Schmetterling, du dummer Kater." rief sie entrüstet und hob drohend den Stock. Entsetzt und über die unerwartete Wendung äußerst unangenehm berührt, sauste ich lieber schnell davon und jagte in Richtung Reviergrenze. Diese Menschen! Ich fühle mich fast immer etwas gekränkt, wenn sie so auf meine Beutegaben reagieren. Wenn ich ein Mensch wäre, würde ich meine längsten und erfahrensten Kraulehände auf den großzügigen Kater ausfahren und ein freundliches, lang anhaltendes Kraulelob aussprechen. Aber nein! Stattdessen dieses aufgeregte Geschrei und dieses unkoordinierte Gefuchtel! Aber nein! Diese unsensible Person echauffiert sich derart, dass sie mit ihrem Stock nach mir ihrem Hauskater und Gentleman wirft. Verstimmt und sehr rasch zog ich mich immer tiefer in die Weiten meines Reviers zurück. Weit weg von der Brombeerhecke und der Weißdornhecke, weg von den ominösen Menschengemüsen, weg von der Menschenbehausung, durch den herrlich verwilderten Garten mit dem hohen Gras, vorbei an den kratzigen Himbeersträuchern in Richtung Tannen, der Nordgrenze meines Reviers. Unter einem alten knorrigen Apfelbaum machte ich Rast.

Ich fühlte wieder den beschwingten, sommerleichten Rhythmus des Sonnentags. Hörte die emsigen Bienen friedlich summen. Sah eine glänzende Spinnwebe durch die Luft segeln und spürte die weiche, milde Sonne. Ich streckte mich wieder genüsslich aus, roch das trockene würzige Apfelbaumholz und ließ meinen Blick durch das Revier schweifen: die Felder, die hinter dem Apfelbaum beginnen wogten sachte, gerstengelb und mäuseschwanger. Ganz weit entfernt, eine halbe Katzenstunde dahinter wartete der Wald und roch nach Abenteuer.

Träge und gedankenverloren ließ ich meinen Blick wieder zu den knorrigen Apfelbäumen wandern. Von Zeit zu Zeit hörte ich ein leises Rascheln, ein Fallen, ein dumpfes, zerplatzendes „Plopp" und schließlich den süßlich fauligen Geruch von überreifem Fallobst. Ich liebe diese Geruchs-Geräuschkompostion. Was für ein Synonym für Frühherbst! Und, meine Damen und Herren, haben sie schon einmal dieser dezenten Unregelmäßigkeit des Fallens gelauscht? Wie beruhigend, wie behaglich. Ja, ich wage fast zu behaupten – wie meditativ!

Angetan beobachtete ich die feinen Muster, die die Sonne durch das Blätterdach des Apfelbaumes auf das Gras und die weichen Moosflecken projizierte. Ich warf einen Kontrollblick in Richtung Gartenteich bis hin zur äußersten Verandahecke. „Alles in Ordnung" konstatierte ich befriedigt, hörte ein weiteres, leises dumpfes „Plopp" und streckte mich genießerisch vollkommen den warmen Sonnenstrahlen entgegen. Jetzt gilt es genüsslich Sonne zu tanken. Für stürmische Herbsttage mit wirbelnden Blättern, und heulenden Stürmen; wie es sich für ehrwürdige Gentlemen gehört. Doch, was war das? - Langsam aber durchdringend witterte ich eine stinkende geradezu beißende Geruchsfahne auf mich zuwehen. Alarmiert sprang ich auf. Gerade noch rechtzeitig um zu beobachten, wie urplötzlich eine – igitt, was für eine abstoßende Kreatur, was für eine hässliche Katerphysiognomie! – durch das gepflegte Getreidefeld auf meinen sauberen, reinen Gartenzaunplatz gesprungen kam. So ein ungepflegter Kater! Ich musste ihn unwillkürlich und voll Ekel anstarren: ein Auge war eitrig verklebt, die schmuddelige Farbe seines Felles undefinierbar. An seinem linken Ohr fehlte ein großer Fetzen und.. „Na, du faule Rassekatze." eröffnete er das Gespräch. Ich konnte nichts erwidern. Ich musste nur immerzu vor Entsetzen auf ihn starren. Im Gegenlicht sah ich gerade die Läuse auf seinem Fell Walzer tanzen. „Sollen wir ein wenig Revierkämpfen, bevor du weiter so den Tag verschnarchst? Du Menschenkater." Grölte er. „Du verzogener Lachsfresser". beschimpfte er mich. „Du Ka-tzen-wäscher..." pöbelte er. Oh, was für ein unsägliches Ekel. Hoffentlich kommt er nicht näher! Dachte ich. Doch mein Wunsch wurde nicht erfüllt. Schon war er ein Stück näher auf dem hygienischen, ordentlichen Gartenzaun in meine Nähe gesprungen und feixte. Er sabberte genüsslich, schniefte unappetitlich und sprang rücksichtslos in mein Revier und (fast noch schlimmer!) in allernächste Geruchsnähe. Ein leises Rascheln war zu vernehmen. „DU faule, degenerierte Rassekatze" spie er mich lautstark an, obwohl er doch in unmittelbarer Katzennähe vor mir saß – und unerträglich stank! Ein zischendes Fallen. Ein leises dumpfes vertrautes „Plopp". Gleich darauf platschte es noch einmal in unmittelbarer Nähe: Direkt auf dem Kopf des unaussprechlichen Katers zerplatzte und zerschmatzte ein fauliger Apfel. Ich juchzte innerlich vor Freude. Zu Tode erschreckt jagte der Kater aus meinem Revier und verschwand in den Getreidewogen. Ich juchzte noch einmal - diesmal laut - und sprang übermütig und vergnügt zu meinem Lieblingsplätzchen unter der Weißdornhecke, wo ich nochmals ein ausgiebiges Sonnenbad - diesmal ohne jegliche Unterbrechung - nahm.

Als die Dunkelheit langsam hinter den Tannen, die mein Revier begrenzen hervor kroch, beschloss ich, diesen herrlichen Tag im Garten zu beenden und mich zurückzuziehen.

Erfreut stellte ich fest, dass meine Menschin noch nicht begonnen hatte, die Pflanzen ins Innere der Behausung zurückzustellen, wie sie das zu Beginn des Herbstes immer tut und so konnte ich mich auf meinem Lieblingsplätzchen, der beheizten Fensterbank richtig gemütlich einkuscheln.

Ich beobachtete wie der Nebel langsam hinter dem knorrigen Apfelbaum empor stieg und in der Dämmerung wie ein zarter Schleier hinabschwebte. „Wie wunderschön!" seufzte ich glücklich und begann zu meditieren.

Direkt unter Fenster breitet sich der Nebel wie ein weiches weißes Tuch aus. Langsam kriecht er über den Rasen, brodelt über die Weißdornhecke und ergießt sich schließlich ins wabernde Nebelmeer. Dahinter taucht langsam, groß rund und rot schimmernd wie ein reifer Herbstapfel der goldene Mond empor.

21. September

Es war wieder herrlich draußen! Manche Tage sind einfach wunderbar. Der Wind wühlte heute erfrischend in meinem Fell herum, kaum war ich draußen – und ich spüre mit Genugtuung, dass mein Winterpelz ordentlich wächst.

Vielleicht werde ich mich zur diesjährigen Pelzprämierungsfestivität anmelden... aber nein, ich schweife ab. Die Sonne vergoldet die Blätter und Bäume mit ihrem sanften, weichen Herbstlicht und es riecht nach Jagd! Die Mäuse sind dieses Jahr wieder vorzüglich geraten und ich habe heute einige erlegt. Einfach delikat. Ich finde es sehr zuvorkommend von den Menschen das Getreide abzumähen – es erleichtert die Jagd doch erheblich. Nur, möchte ich anmerken, sollten sie weniger laute und hässliche Tiere dazu benutzen. Jagen erfrischt den Geist und belebt die Sinne. Vielleicht sollte ich mich von nun an Lord Jeremias von Höhnsdorf nennen. Es klingt doch viel stilvoller, wenn man zur Jagd geht.

1. Oktober

Alpha Centauri besuchte mich heute überraschend. Wir beschlossen sofort, an diesem herrlichen Herbstabend auf Jagd zu gehen. Der Mond schien bedächtig. Die Getreidestoppeln glänzten matt im silbernen Mondlicht. Die Erde roch feucht-würzig und dampfte herbstlich. Schnell hatten wir beide eine grandiose Taktik entwickelt. Alpha Centauri spürte die Mäuse auf, ich jagte sie in Alpha Centauris Reichweite, er schleuderte sie in die Luft und ich verpasste – selbstredend nur den allerköstlichsten Exemplaren – einen tödlichen Hieb. Tja, meine Damen und Herren, sie werden nun neidisch mit den Augen rollen – aber wenn sie uns beide, uns katerhafte Jagdgötter gesehen hätten – sie werden vor Ehrfurcht verblasst. Selbst Felix Muntzepuntze, der zufällig des Weges kam riss vor Erstaunen seine flinken Augen auf. „So viel, qualitativ so hervorragende Jagdbeute habe ich ihn schon lange nicht mehr gesehen.",brachte er nach einer Weile anerkennend hervor. Alpha Centauri und ich schnurrten zufrieden - und unser Nachtmahl unter dem sternenübersäten Himmel schmeckte uns noch viel besser, als es das ohnehin schon getan hatte (selbstredend auf meinem Revier). Einträchtig lagen wir nebeneinander. Versonnen blickten wir zu den Sternen. Sie schimmerten geheimnisvoll und erzählten vom nahenden Herbst. Unsere Mägen fühlten sich wohlig warm an. Wir schnurrten und schwiegen. Tiefe Zufriedenheit durchströmte mich. Ich schloss die Augen. Das Leben – es war so gut!

Die Jagd war nahezu perfekt gewesen. Die Mäuse delikat. Stil – Genusssucht – ein wenig Gourmetvöllerei. Ein Freund mit dem man schweigen kann.

Das ist pures, destilliertes Glück, meine Damen und Herren.

Die Nacht neigte sich dem Ende zu. Als die ersten Sterne verblassten, erhob sich Alpha Centauri, dankte mir, und versprach im nächsten Herbst bestimmt wieder zur Jagd zu kommen. „Ach ja, schmunzelte er verschmitzt. Es stimmt. Dunkelbraune Augen passen wirklich perfekt zu mir."

2. Oktober

Gut gelaunt erwachte ich am nächsten Morgen, und beschloss, meiner Hauptfuttermenschin auch einmal einen besonderen Leckerbissen zu gönnen. Also sprang ich behände nach draußen und hielt nach einer besonders fleischigen Maus Ausschau. Unweit des intelligenten Apfelbaums legte ich mich auf die Lauer und scannte das Stoppelfeld ab. Zwei Minuten später tatzte ich beherzt zu, miaute triumphierend auf und sah mit größter Zufriedenheit auf den appetitlichsten Mäuserich des Herbstes herab. Im Triumphzug folgte mir der Mäuserich zwischen den Reißzähnen bis ich ihn vorsichtig direkt vor den Füßen meiner Hauptfuttermenschin ablegte, die gerade ihr erstes und einziges (! – denken sie sich nur, meine Damen und Herren!) Menschenfrühstück zu sich nahm. Erfreut blickte sie auf mich herab, begrüßte mich freundlich und streckte die Hand aus, um mich zu streicheln. „Na mein Schöner, was hast du denn gemacht?", genießerisch schloss ich die Augen und begann zu schnurren. Gleich würde sie mich zu kraulen beginnen und mir lobende Worte gönnen. „Was ist", begann die Menschin „das..." japste sie, und wurde kreidebleich im Gesicht. „AH", kreischte sie hysterisch auf „eine tote Maus!" Erschrocken wich ich zurück. Und dann, meine Damen und Herren, stellen Sie sich vor, wie außergewöhnlich, verdrehte sie die Augen und kippte vom Stuhl herunter. Bequem war das sicher nicht für die Menschin. Aber vielleicht, so überlegte ich, drückte sie so ihre Begeisterung über ihr Geschenk aus. Sicherlich wollte sie die Maus stilecht verspeisen. Ich war stolz auf meine Menschin. Aufmunternd stupste ich sie an, aber sie rührte sich nicht. Und nicht einmal die Maus wollte sie verspeisen. Na so was! Vielleicht sollte ich anfangen ein wenig beleidigt zu werden.

Inzwischen war der größte Mensch herbeigeeilt und schrie nun seinerseits erschrocken auf, als er die Menschin dort liegen sah. Als er die Maus erblickte, streifte er mich mit einem strafenden Blick, zog die Menschin in seine Arme und legte sie auf das Menschenruheplätzchen im Hauptraum. Sie schlug ihre Augen auf, kreischte unvermittelt auf und fuchtelte wild mit ihren Armen. Nun war ich wirklich ein wenig beleidigt. Da macht man einen Jahrhundertfang, verschenkt ihn auch noch, obwohl er verführerisch aussieht, lecker riecht und bestimmt deliziös schmeckt und dann dieses infernalisches Gekreische. Nein, wenn ich recht darüber nachdachte, war ich sogar sehr beleidigt. Behutsam nahm ich die Maus auf und trug sie ins Zimmer meines jüngsten menschlichen Mitbewohners. Der jüngste menschliche Mitbewohner reagierte endlich angemessen: erstaunt riss er seine Augen auf und bewunderte die Maus über alle Maßen. Gerade, als ich überlegte, ob ich ihn die Maus überlassen sollte, rief der große Mensch nach ihm und ich beschloss, lieber gleich zur Tat zu schreiten: Trotzig begann ich die Maus zu verspeisen. Was für ein Genuss – zart und doch durchtrainiert war diese Maus geraten. Genüsslich begann ich zu schnurren, schloss die Augen und gab mich mit allen Sinnen dem Gourmetgenuss hin. Erst als sich mein Bauch warm und behaglich anfühlte und die Galle der Maus einsam vor mir lag, bemerkte ich, dass mir der jüngste menschliche Mitbewohner mit runden Augen fasziniert vom Eingang seiner Zimmerbehausung zusah. Angetan schnurrte ich ihm zu. Vielleicht kann aus ich eines Tages tatsächlich noch ein guter Kater werden.

5. Oktober

Diese Menschen. Ich sags ja, ich sags ja! Heute haben sie mich wieder sehr in Erstaunen versetzt, mich das Wundern gelehrt und ein liebevolles Kopfschütteln meinerseits heraufbeschworen: Schon am Morgen haben sie ihre grässliche Stimmen erhoben und geschrien (sie bezeichnen das als Gesang!). Dem jüngeren Menschenfrauwesen wurden sehr viele Münder in das Gesicht gepresst und es hat geschmatzt! Hinterher musste sie viel mit Papier rascheln, Kartons öffnen und herumschreien. Dann kam ein seltsames Ritual: Die Hauptfuttermenschin zündete kleine Feuerchen auf vielen Stielen an (es waren sehr viele) die auf einer Menschensüßigkeit steckten. Ich muss gestehen – selbst für meine Augen sah das sehr hübsch aus, und ich schnurrte beifällig. Draußen war es noch dunkel und die Feuerchen züngelten lustig und erleuchteten den Raum wunderbar gemütlich. Die jüngere Menschin blies daraufhin alle Feuerchen in die Luft und lies sie verschwinden. Ich staunte nicht schlecht. Wie sie das bloß gemacht hat?! Aber ich kam nicht viel dazu mich zu wundern, denn die anderen Menschen brachen alle in beifälliges Rufen aus und schrieen wieder. Gott sei Dank verließen sie aber trotzdem, wie jeden Tag die Behausung, um mir meine wohlverdiente Morgenruhe zu gönnen. (Das finde ich übrigens sehr rücksichtsvoll.) Ich war bei Ihrer Rückkehr auf alles Mögliche und unmögliche gefasst – aber es passierte nichts außergewöhnliches, bis auf dieses Papierraschelritual, das sie noch einmal wiederholten. Schon wähnte ich mich in Ruhe und in einem ruhigen gewöhnlichen Tagesausklang, als plötzlich die Tür klingelte, und viele Menschen, die ich noch nie gerochen hatte in die Behausung liefen. Es wurden immer mehr, und einige wollten mich packen. Das ist mir zu viel geworden und ich bin schnell auf den Kachelofen, die menschliche Hochburg von Ruhe und Gemütlichkeit gesprungen. Ich döste so vor mich hin, als plötzlich ein schrecklicher jaulender Krach die Stille durchriss. Diese junge Menschin! – Sie hat wieder das schwarze viereckige Tier aufgeweckt und verärgert!! Jetzt beginnt es wieder seine vielen roten und grünen kleinen Augen zu öffnen, mit denen es abwechselnd blinkt. Es bekommt immer mehr Augen, je lauter es schreit. Manchmal unterhält es sich sehr schön mit den Menschen und ich schließe genießerisch die Augen, um ihm zu lauschen. Aber ab und zu wird es zornig und stößt ein infernalisches Kampfgebrüll aus. (Vielleicht quälen die Menschen das Tier oder umgekehrt?) Meine zarten, verwöhnten Ohren vertragen diese affreusen Geräusche jedenfalls nicht. Ich werde mir lieber den Sternenhimmel ansehen, die Stille genießen und auf einen Baum klettern – es wird überdies wieder höchste Zeit für ein amoureuses Abenteuer!

6. Oktober

Noch immer bin ich außerordentlich über das seltsame Ritual erstaunt; als ich heute beim Morgengrauen von jagenden Herbstwinden gehetzt heimkehrte, musste ich mich nochmals sehr wundern: Ein hässlicher Geruch schlug mir entgegen! Das schrecklich kreischende Tier schwieg wenigstens wieder, das hörte ich schon von weitem. Jedoch drang dieser unangenehme widerwärtige Geruch an meine Nase. Wäre es weniger stürmisch gewesen, ich hätte mein Heil in der Flucht gesucht! Vorsichtig betrat ich also mein Revier und war bereit im Fall des Falles jederzeit zurückzuweichen. Trotz aller Vorsicht stieß ich gegen etwas und wurde fast augenblicklich von einer klebrigen Flüssigkeit überschwappt – und roch nun selbst ganz seltsam. Im nächsten Moment klirrte es furchtbar und viele gefährliche Scherben lagen und mich herum. Verängstigt duckte ich mich; aber als nichts geschah schlich ich mich sachte, sachte weiter bis zu meinem geheimen Versteck. Dort verbarg ich mich. Es ist schmächlich, so grässlich zu stinken und ich begann mich zu säubern. Die Flüssigkeit hatte sich schon wütend in mein Fell eingekrallt und sie schmeckte gefährlich und scharf. Mein armer Magen begann unpässlich zu rumoren und ich fühlte mich schändlich vernachlässigt. Ich musste die Hauptfuttermenschin suchen!! Todesmutig lugte ich erst mal nach draußen, funkelte mit meinen Augen, peitschte mit meinem mächtigen Schweif und sauste wie der Blitz an den gefährlichen Scherben vorbei. Dann siegte meine Neugier gänzlich über meine Furcht und ich ließ meinen messerscharfen

Blick herumschweifen. Überall standen diese zerbrechlichen, gefährlichen, mit widerwärtiger Flüssigkeit gefüllten Behältnisse, umgeben von herrlichem Raschelpapier, garniert von stinkenden Papierwürmern, die grässlich und durchdringend stanken. Sie waren überall verstreut. Plötzlich bemerkte ich, dass einige Menschen auf dem Boden lagen und ein knarzendes Geräusch von sich gaben. Auch sie rochen infernalisch (nicht nur gewöhnlich nach Mensch) und ich rümpfte entsetzt mein zartes Geruchsorgan. (Ich wundere mich sehr, wieso sie plötzlich den Boden bevorzugen. Aber wahrscheinlich haben sie auch das große Tier gesehen.) Ich beschloss, die Menschen vorsichtig zu umschreiten und hüpfte schnell zu meinem köstlich gefüllten Futternapf. Doch was mussten meine Augen dort erblicken: Auch hier lag ein stinkender Papierwurm! Nun hatte meine Geduld endgültig ein Ende!! Das lasse ich mir nicht bieten! Ritual hin oder her! Wütend sauste ich in die oberen Räume der Behausung und rief nach meiner Hauptfuttermenschin. Endlich, nach endlos langer Zeit ließ sie sich blicken und bereitete mir, wenn auch widerwillig ein wohlriechendes Mahl – diesmal ohne Wurm. Dankbar blickte ich sie an und schnurrte beifällig. Die Menschin aber hielt sich den Kopf. Sie sah blass aus und riss den Mund ganz weit auf und gähnte. Ihre Augen waren ganz rot und klein und sie krächzte irgendetwas wie „o hab ich einen Kater" und schlurfte langsam wieder auf ihren Ruheplatz. „Kater" ist eines der wenigen Worte, die ich auf Menschensprache zuverlässig verstehe und ich dachte bei mir: „Jawohl, ich bin ein Kater, und was für einer!": Ich wurde richtig glücklich und stolz, während ich mich tüchtig stärkte. Angetan ließ ich mich trotz des üblen Geruchs am Fußende des Ruheplätzchens der tapferen Menschin nieder und schnurrte mich beschwingt und glücklich in den Schlaf.

26. Oktober

Wie behaglich und heimelig doch tosende Herbststürme sein können…man muss nur auf der richtigen Seite der Glasscheibe sitzen, meine Damen und Herren… dann ist die nächste Windbö eine wahre Lust, wenn sie mit einer satten Regengischt gegen die Scheibe donnert…

Man schnurrt amüsiert und angeregt, kuschelt sich zufrieden in sein warmes weiches Plätzchen zurecht und inhaliert genüsslich den wohlig warmen Duft des knackenden Kaminfeuers. Genau so, meine Damen und Herren, machte ich es auch an jenem denkwürdigen Tag. Langsam sollte ich mich zusammen, bettete geruhsam meinen Kopf in meine Pfoten und verschlief nach alter Genusstradition den ersten schweren Herbststurm des Jahres. Ein herrlicher Gourmetschlaf war das!

Sehr zufrieden erwachte ich um die Zeit des dritten Frühstücks. Der Sturm war eingeschlafen. Schläfrig blinzelte ich durch die kleinen Wassertropfen, die das Fenster benetzten und eine warme goldbraune Herbstsonne erahnen ließen. Genüsslich glitt ich in einen weiteren herrlichen Gourmetschlaf hinüber. Leider wurde ich kurz darauf sehr wenig taktvoll von der knallenden Behausungstür geweckt. Der größte Mensch war noch einmal zurückgekehrt (vielleicht hatte er seine Jagdtasche vergessen. Diese Taschen scheinen für die Menschen äußerst wichtig zu sein. Sie verlassen das Revier eigentlich nie ohne Taschen. Wahrscheinlich schleppen sie damit immer einen Teil ihrer Beute herum, falls sie hungrig werden. Ich würde es jedenfalls genauso machen. Allerdings erforsche ich diese Verhaltensweise noch nicht lange genug, um mir ein abschließendes Urteil erlauben zu können.).

Als ich schwere Menschenschritte hörte, sprang ich alarmiert auf, um mich zu verstecken – doch zu spät. Der größte Mensch packte mich unbarmherzig mit seinen Tasterpfoten und warf mich in hohem Bogen auf die Veranda ins äußere Revier. Während er schnell wieder auf das Menschenrenntier, dessen Augen gefährlich glühten, zulief, knurrte ich zornig und miaute sehr ungnädig. Immer muss er diese unnötigen, ungerechten Rivalenkämpfe veranstalten. Wenn ich nur so groß wäre wie er – da würde er sich aber umsehen, falls es zu einem Kampf kommen würde!!! So, wie das immer abläuft, schätze ich dieses Verhalten gar nicht (vor allem die Tatsache, dass er immer gewinnt). Indigniert und missmutig Schwanz wedelnd sah ich ihm nach, bis er mitsamt dem aufjaulenden Menschenrenntier verschwunden war. Wenigstens hatte es aufgehört Wasser zu sprühen. Probeweise steckte ich eine Pfote in das nasse Gras. Angewidert zog ich sie zurück und schüttelte mich. Sehnsuchtsvoll dachte ich an mein weiches, warmes behagliches Kuschelplätzchen. Eine Windböe fuhr mir empfindlich kalt durchs Fell. Mich schüttelte es. Unwillkürlich sah ich in Richtung Ferdinand-Revier. Vielleicht könnte er mir kurz Zuflucht gewähren. Kurz entschlossen sprang ich durchs nasse Gras, über die Weißdornhecke und damit in Ferdinands Revier. Obwohl mittlerweile die goldene Oktobersonne hinter den Wolken hervorgekrochen kam, fröstelte ich. Hoffentlich war Ferdinand nicht auf Jagd! Zu meiner großen Freude entdeckte ich ihn sofort. Ferdinand lag lässig und sehr entspannt auf seiner vom Wind geschützten Veranda. Vor ihm stand ein seltsames Menschenkraut in einem Topf. Ferdinand himmelte das Kraut geradezu an, hatte glasige Augen kaute unentwegt und wild-begeistert auf etwas Grünem. Er bemerkte mich gar nicht. Ich wollte mich höflich räuspern, doch dann roch ich es auch - was hatte dieser Bursche schon wieder Köstliches ausgegraben: wild, aufregend unwiderstehlich und fremd kräuselte sich der Duft in meine Nase. „Bestimmt wieder so ein tolles Katertraditionskraut aus seiner Familie!" schoss es mir anerkennend durch den Kopf. Ich miaute unwillkürlich auf. Ich musste unbedingt dieses Zeug haben! „He, Jeremias, alter Freund, leg Dich zu mir," lallte Ferdinand begeistert. „Das ist toll.." Ich schnappte in das Kraut. Ich hörte gar nicht weiter zu. Ich vergaß, Ferdinand angemessen zu begrüßen. Stattdessen schleckte ich an dem Kraut. Vergessen war die uralte Höhnsdorf-Höflichkeitstradition, meine gute Erziehung, mein Anstand – selbst, dass ich ein Gentleman bin hatte ich völlig verdrängt. Ich kaute wild und hemmungslos. Ich hatte nur noch einen Gedanken: Das Kraut. Wie behext sog ich den Duft ein und biss völlig ekstatisch in das Kraut. Meine Nasenflügel erbebten vor Lust, meine Geschmacksnerven erschauerten vor Glück - ja, das war die Erfüllung! Überwältigt miaute ich laut auf. Tief inhalierte ich den köstlichen, unwiderstehlichen, überirdischen Duft und wälzte mich jaulend und miauend vor Seligkeit mit Ferdinand auf den Boden. Wir ignorierten das aufgeregte Geplapper von Ferdinands Menschen. Wir schworen uns ewige Freundschaft, wir lachten hämisch über Rivalenkater, wir fühlten uns stark, wir waren unbesiegbar. Gerade als wir uns in den schillerndsten Farben ausmalten, wie wir das hässliche Menschenrenntier foppen könnten spürten wir auf einmal, wie Ferdinands Hauptfuttermensch eine Regengischt aus einem grünen Menschengefäß über uns hinwegbrausen ließ. Etwas irritiert hielten wir inne – um uns nur noch köstlicher zu amüsieren. Ferdinand sah so apart aus, wie das Fell an ihm klebte! Wir miauten nur noch lauter, kringelten uns schnurrend auf den Boden und bissen begeistert in das köstliche Kraut. Wir schwelgten in dem berauschenden Krautgeruch. Wir fühlten uns leicht und frei wie weiße Wattewölkchen im Sommer. Plötzlich trampelte ein großer Menschenfuß neben unsere Zauberpflanze hob sie empor, rief wütend „Jedenfalls ist Schluss mit Baldrian – am besten koch ich mir davon ́nen Tee zur Beruhigung von dem Gejaule! Diese elenden Viecher! Erst fressen sie das Fleisch aus unserer Lagerhalle an und jetzt das! Du immer mit deinen Katzen. Du hast mich zum wiederholten Male auflaufen lassen! " trug sie in die Menschenbehausung und schloss rasch und äußerst unbeherrscht die Verandatür, dass sie nur so klirrte. „Ein Affront gegen mich und die Tiere!", kreischte Ferdinands Menschin auf. Wie besessen jagten wir hinterher und jaulten und kratzten und flehten und baten, aber diese herzlosen Menschen hatten uns einfach mit roher Gewalt das Kraut entrissen. Die herrliche Aura verflüchtigte sich rasch. Langsam rochen wir nicht einmal mehr die kleinste Duftnuance. Traurig und etwas verwirrt sahen wir uns an. Was war nur mit uns geschehen! Keine Contenance, kein Anstand, nicht einmal Völlerei – naja, immerhin Genusssucht, beruhigte ich mein Gewissen. Ich räusperte mich und meinte schließlich höflich und so würdevoll, wie ich konnte. „Nun, eine rasante Erfahrung, nicht wahr, mein Bester. Vielen Dank für die Einladung." setzte ich rasch hinzu. Ich wollte so schnell ich konnte nach Hause, um alles Geschehene in Ruhe zu überschlafen und zu überdenken - was Ferdinand nun von mir denken mochte. Ich hatte mich wahrlich sehr ungentlemanlike benommen. „Gern geschehn," schmunzelte Ferdinand. Und als könnte er meine Gedanken lesen fügte er mit einem süffisanten Grinsen dazu „es ist doch zu schade, dass wir nicht öfter zusammen feiern, wenn du ausnahmsweise kein Gentleman bist."

3. November

Ein erquickliches Spiel erfreute heute mein Herz: Der Wind wirbelte viele bunte Raschelblätter durch die Luft, die man herrlich jagen kann. Ich ergötzte mich an diesem kurzweiligen Zeitvertreib und war so versunken in meine Beschäftigung, dass ich gar nicht merkte, dass ein fremder Kater in meinem Revier auftauchte. Er roch stark und aufdringlich – und er sah furchterregend aus. Ich erschrak, dass mir das Blut in den Adern gefror – aber was hilft es? Wie es das uralte ungeschriebene Ritual verlangt, sträubte ich meinen Pelz und fauchte langsam, laut und leidenschaftlich. Jetzt war mein Gegenüber dran. O was für ein Katzenbass! Was für eine athletische, drahtige, durchtrainierte Figur, welche kraftvolle Muskeln, was für ein tolles Fell! Neidlos muss ich zugeben, dass er der bestaussehendste Kater war, den ich je gesehen habe. (Mich habe ich ja noch nie gesehen.) Langsam begannen wir uns zu umkreisen. Fauchten dabei leise und hinterhältig und ließen keine noch so geringe Regung des anderen außer Acht. Die Augen meines Gegenübers brannten und loderten so lichterloh wie bengalische Feuer. Sie taxierten meine Augen und starrten hypnotisch in mein Innerstes. Ich spannte alle Muskeln an, bis in die kleinste Faser. Ich musste unbedingt zuerst angreifen und ihn in die Flucht schlagen. Er war stärker, das spürte ich intuitiv. Mein Schweif peitschte noch einmal den Staub auf, der Wind durchzauste noch einmal sein Fell. Ich rollte ein letztes Mal todesmutig die Augen und stieß den gellendsten Kampfschrei aus, den die Welt je wieder hören wird, holte mit der Pranke aus und zerkratzte ihm mit einem gewaltigen Schlag die Nase. Er schrie vor Schmerzen auf und ich setzte sofort nach – so einen Vorteil muss man nutzen! – und jagte ihn über den ganzen Hof. Plötzlich hielt er an und fauchte, grollte, tatzte nach vorn und biss mir wie ein Teufel mitten ins Gesicht. Ohnmächtig vor Zorn und Schmerzen verbiss ich mich wie von Sinnen in sein Fell und wir wälzten uns am Boden. Endlos ineinander verkeilt und verbissen. Und der Sand vermischte sich mit meinem Blut. Ich fühlte meine Lebensenergie aus mir rinnen. Mit letzter Kraft bohrte sich ein Gedanke durch den dumpfen Nebel aus Schmerz: Mein Revier aufgeben? Nie im Leben! Mein Rivale wurde immer aufdringlicher, stärker und mit jedem Biss gefährlicher. Ich wand mich und schrie und fauchte und kratzte so tief ich konnte – aber nichts half. Verzweiflung befiel mich, Entsetzen, flackernde Angst. Unbarmherzig bohrten sich die Zähne meines Rivalen ins Fleisch, die Krallen schraubten sich in mein Gesicht – die Welt schien nur noch aus wirbelnden scharfen Tatzen, Schmerzen und Fauchen zu bestehen. Mein Kiefer schmerzte vom vielen Beißen. Und er holte schon wieder mit seiner Tatze aus! Weißer greller Schmerz durchströmte meinen Kopf. Blanke Panik schüttelte mich. Ich schrie wie von Sinnen.

    Plötzlich schrie noch etwas. Die Stimme des größten Menschen des Hauses dröhnte auf unserem Schlachtfeld. Ein kleines bisschen Mut keimte in mir auf und ich sah wieder einen winzigen Hoffnungsschimmer am Horizont: „Ich muss versuchen zu meinem Menschen zu gelangen. Dachte ich mit letzter Kraft Jedes kleine Härchen an mir wollte einfach nur noch weg und ich wand mich unter den Schraubstockpranken meines Gegners, riss an seinem Fell, wehrte mich mit letzter Kraft und knurrte - so wie ich hoffte - grauenvoll. Aber es kam nur ein jämmerlicher Laut aus meiner sonst so stolzen Kehle.

Der Kater ließ nicht einen Millimeter von mir ab. Er fauchte triumphierend, hob seine grausame scharfe Tatze und glitzerte höhnisch mit seinen Augen. Mein Revier würde gleich seines sein. Schmachvoll schloss ich die Augen und wartete auf mein Verderben. Plötzlich öffnete sich die Behausung, der riesige Mensch rannte mit seinen Füssen auf uns zu, der böse Rivalenkater von mir weg und ich schoss auf den Menschen zu. Der große Mensch nahm mich in seine riesigen Tasterpfoten, schüttelte seinen schwarzen Wuschelkopf, streichelte mich und trug mich ins Haus. Erschöpft lies ich mich auf mein Plätzchen fallen und leckte mir die Wunden. Sie schmerzen greulich. Die Menschen sind aber sehr nett zu mir. Sie haben mir mein Mahl heute direkt neben mein Plätzchen serviert und kraulen mich vorsichtig und behutsam. Ich bin wirklich sehr erschöpft und werde wohl eine geraume Zeit für meine Genesung benötigen.

30. November

Seit ein paar Tagen bin ich wieder wohlauf und habe mich von den Strapazen der Schlacht rekreiert! Mein neues Lebensmotto soll von nun an heißen: Ohne Mampf kein Kampf! Ich verspeise alles und jeden, denn ich muss diesen starken Gegner besiegen!
 Die Menschen haben inzwischen ein paar Baumteile ins Haus geholt und es riecht frisch und nach Wald. Ob die Menschen wohl Angst haben, dass es den Sträuchern und Bäumen zu kalt wird? – Jedenfalls finde ich es schön. Es riecht in letzter Zeit auch auffallend oft und gut nach Menschenfutter, das allerdings gleich in großen Blechschüsseln versteckt wird. Einmal ist eine solche Süßigkeit von einem großen Teller heruntergepurzelt und ich habe schnell daran gerochen. Es hat katerschlampfmäßig phantastisch geduftet und war wunderbar warm und weich zwischen meinen gewaltigen Reißzähnen. Leider war die Menschin aber darauf viel zu vorsichtig und hat aufgepasst, dass alles auf dem Teller blieb. Ab und zu brennt ein kleines Feuerchen auf einem Stiel und sie versammeln sich um den Tisch und pusten in Stecken, die etwas kürzer sind, als ich lang. Das ergibt ein komisches summend greller Geräusch und ich tue jedes Mal mein Missfallen kund, sobald die Hölzer hervorgeholt werden. Heute haben sie schon früh am morgen diese Hölzer hervorgeholt, das Feuerchen auf dem Stiel entzündet und geschrieen (sie nennen das singen) und in die Hölzer gepustet. Rücksichtslos!!!

Nach langer Zeit habe ich mich daraufhin wieder nach draußen gewagt. Die Luft war kalt, fast scharf, aber sie hat mir gut getan. Die Sonne war nirgends zu sehen und alles war in einen grauen, weichen sanften Wattenebel gehüllt. Mein Atem verwandelte sich in weiße Wolken und ich schnurrte vergnügt. Plötzlich stockte mir der Atem. Mein Gegner! Er lag am Rande des Pfades auf dem die riesigen Tiere der Menschen rennen und rührte sich nicht. Er lag wohl auf der Lauer. Sachte pirschte ich mich an ihn heran. „Heute laufen aber bestimmt nicht viele Mäuse herum", dachte ich mir. Abrupt hielt ich inne. Das war bestimmt eine Falle! Normalerweise hätte er längst aufspringen müssen, denn er war nur wenige Meter von mir entfernt. – Doch dann roch ich es, fühlte es und spürte es. Mein Rivale konnte nicht mehr aufspringen, er würde nie wieder mit mir kämpfen können: Der prächtige, kraftvolle Kater, der eine glänzende Zukunft vor sich gehabt hätte, war in die ewigen Jagdgründe gesprungen. Wahrscheinlich hat ihn so ein widerwärtiges Menschengetier, das mir auch schon so oft Angst eingejagt hat, gerissen. Respektvoll neigte ich mein Haupt, und kehrte zurück. Finster schwor ich das nächste Menschenrenntier, sofern ich es schlafend antreffe, mit tiefster Missachtung und mit vernichtenden Blicken zu strafen.

4. Dezember

Zurzeit geschieht nichts aufregendes. Die Menschen haben mir eine kleine Freude bereitet und allerlei lustigen Zeitvertreib an die Sträucher in der Behausung gebunden. Sie sind sehr zuvorkommend, finde ich. Auch draußen wachsen plötzlich Lichter auf einigen Bäumen, so ist es nie ganz dunkel.

... und wir sind uns einig, daß das grünliche Winternachthimmellicht einzigartig und unvergleichlich ist

Ich jedoch ziehe mich in das Innere der Behausung zurück und schlafe sehr viel. Ich träume vom Sommer und meinen amoureusen Abenteuern. Zufrieden höre ich den Stimmen der Menschen zu, lasse mich kraulen und kuschle mich in warme, weiche Eckchen. Die Menschen lassen die Behausung gut duften und oft entlocken sie dem schwarzen viereckigen Menschentier sehr schöne Töne und ich lausche andächtig.

Abends streife ich ohne Raum und Ziel durch die Felder, treffe manchmal Ferdinand oder einen anderen Weggefährten vom benachbarten Revier und wir bewundern den kalten, wunderbar frostigen Himmel. Die Sterne flimmern sachte, klar und fern und wir sind uns einig, dass das grünliche Winternachthimmellicht einzigartig und himmlisch ist.

16. Dezember

er größte Mensch hat mir heute schon wieder eine kleine Freude bereitet. Als ich von meinem zweiten Nachmittagsschlaf erwachte fand ich bei der Inspektion der Räume auf einem Tisch glänzende Linien vor. Darauf sauste lustig surrend ein kleiner metallisch glänzender Gegenstand mit winzigen Räderchen und zwei blinkenden Lichtern immer im Kreis herum. Das gefiel mir gut! Ich lauerte, setzte an und tatzte nach diesem kleinen Gegenstand. Aber – zunächst verfehlte ich ihn. Sicherlich will mir der größte Mensch etwas Training gönnen, munterte ich mich auf - und so versuchte ich es noch einmal. Ich konzentrierte mich, dass meine Schnurrbarthaare wackelten, erwischte den Gegenstand, schleuderte ihn mit meiner Pfote so hoch ich konnte, verrutschte mit meinem gigantischen Sprung die glänzenden Linien, fegte sie vom Tisch - und war sehr mit mir zufrieden. Der Gegenstand landete ein Stück weit von Tisch. Seine Lichter leuchteten nicht mehr und die Räder drehten sich auch nicht. So lies ich den Trainingsgegenstand einfach unbeschnuppert liegen. Bedächtig stieg ich über die seltsam verformten glänzenden Linien, die ein wenig aussahen wie ein zerzaustes Gestrüpp und beschloss dabei, an der Speisenzubereitungsstelle nach köstlichen Menschensüßigkeiten zu suchen. Das hatte ich mir nach dieser Trainingseinheit aber auch redlich verdient! Beinahe prallte ich an der Tür mit dem größten Menschen zusammen, der begeistert mit dem jüngsten Mitbewohner über etwas wie „Modelleisenbahn" sprach. Diese Menschen. Sie sind so leicht für etwas zu begeistern. Aber sehr nett, wenn sie auch mal an Katzen denken. Hoffentlich kann ich bald wieder trainieren Denn besonders jetzt sollte ich beim Jagen nicht aus der Übung kommen. Sie können auch ruhig diesen Trainingsgegenstand fressen. Ich bin daran nicht interessiert. Ich gourmiere lieber das, was gerade so köstlich aus der Speisenzubereitungsstelle duftet.

25. Dezember

Seit gestern wächst ein echter Baum in unserer Behausung. Er trägt komische Früchte. Sie riechen nicht besonders, aber dafür glitzern sie wunderbar. Am Abend zündeten die Menschen Feuerchen an, deren Stiele aus dem Baum wachsen. Sie schrien und bliesen in die Stecken und waren fröhlich. Unter dem Baum lagen viele Dinge, die mit Raschelpapier umwickelt waren. Die Menschen haben das Raschelpapier weggeschleudert, aber ich habe damit gespielt, mich darin versteckt und mich sehr gefreut. Als ich mit den Früchten des Baumes spielen wollte, weil sie so schön gefunkelt und geleuchtet haben, ist eine Frucht heruntergefallen. Vermutlich war sie reif, denn sie ist in viele Stücke zerplatzt. Die Menschen haben es aber nicht bemerkt, denn sie haben einen Rundgang durchs Revier unternommen. Vorher haben sie mir noch irgendetwas um den Hals gebunden und mich gestreichelt. Der kleinste Mensch brüllte entzückt:" Mit der Schleife ist er ein richtiger Weihnachtskater." Das Ding um den Hals hat nicht unangenehm gerochen und irgendwie gefiel es mir. Deshalb beschloss ich, noch ein wenig auf dem warmen Plätzchen, auf dem ich gerade saß zu bleiben und mich in meiner ganzen Schönheit zu räkeln. Die Menschen blieben jedoch länger aus, als ich dachte. Sie hatten das Raschelpapier versteckt und ich konnte es einfach nicht finden. Es roch verführerisch nach guten Speisen, aber ich konnte sie nicht erreichen, weil sie die Menschen eingeschlossen hatten. Also beschloss ich die Aussicht von oben zu genießen und begann auf den seltsamen Baum zu klettern. Der Baum schwankte ein wenig und ein paar reife Früchte fielen herab – aber es waren ja noch genügend für die Menschen da. Der Baum knarzte und wackelte und ich fühlte mich gar nicht so behaglich wie sonst auf Bäumen. Doch jetzt meine Damen und Herren geschah das außergewöhnlichste in meinem ganzen Katzenleben: Der Baum kippte nach vorn und fiel einfach um. Ich fühlte mich wie in einem Inferno: Die Früchte sprangen auf den Boden, klickten auf dem Boden herum oder zerbarsten in tausend winzige Teilchen. Die Zweige des Baumes wirbelten umher, pieksende Nadelschlangen schnappten drohend nah mir, zerstachelten meine zarten Gliedmaßen, klatschten schließlich mit aller Wucht über mir zusammen – und der Baum lag einfach da. Vorsichtig kletterte ich über diese seltsamen Fruchtreste und beschloss erst mal ein wenig frische Luft zu schnappen. Die Menschen, so tröstete ich mich, hätten ja sowieso nicht auf diesen Baum klettern können. Jedenfalls habe ich sie noch nie dabei gesehen.

26. Dezember

Der heutige Tag war geprägt von köstlichen Düften, die durch die Behausung zogen, phantastischen Leckerbissen und einer gemütlich-friedlichen Stimmung. Die Menschen waren nur sehr wütend, dass der Baum umgekippt ist und alle Früchte unbrauchbar wurden. Ich habe beifällig und verständnisvoll geschnurrt. Das war in der Tat bemerkenswert!

31. Dezember

Heute haben mich die Menschen energisch daran gehindert, meine übliche Inspektion außerhalb der Behausung vorzunehmen. Zuerst war ich sehr verärgert. Ein von Höhnsdorf unternimmt dann seine Inspektionen wann er will, jawohl!! Und mir gelang es natürlich auch blitzschnell durch die Tür zu witschen, als die Menschen schwer beladen vom Jagen zurückkehrten. Wie ein scharfer Tatzenhieb schlug mir sofort ein beißender Geruch in die Augen. Blitzschnell beschloss ich mich dennoch in meinem Lieblingsversteck außerhalb der Menschenbehausung zu verbergen. Bevor ich mich jedoch bequem niederlassen konnte, stürmte der rot gescheckte Angorakater vom benachbarten Revier mit angstgeweiteten Augen auf mich zu, überrannte mich – ohne sich auch nur mit dem Anflug einer Höflichkeit zu entschuldigen – und sprang mit einem entsetzten Schrei und einem noch gewaltigeren Satz über die Weißdornhecke, die mein Revier begrenzt. Zunächst wollte ich ihm empört nachsetzen und setzte zu einer zornigen Rede an. Doch plötzlich tanzte ein lustig sprühendes Lichtlein vor meine Pfoten. Bevor ich mich freundlich interessiert darüber freuen konnte, brachte diese hinterlistige Menschenüberraschung einen ahnungslosen Gentleman wieder einmal in unvorstellbare Unpässlichkeiten: ein gefährlich-beißender Rauch stieg von dem sprühenden Lichtlein auf und raste diabolisch in meine Nase. Ein gleißendes Blitzgewitter blendete meine Augen. Riss meinen prächtigen Schweif in die Höhe. Meine Pelzhärchen in alle Windrichtungen. Zerbarst meine

Trommelfelle. Erstickte meinen verzweifelten Klagelaut. Meine Pfoten sanken leblos auf den gefrorenen Boden. Meine Sinne schwanden im gleißend weißen Schwefeldunst.

Als ich nach einer halben Katzenewigkeit wieder zu mir kam, lag ich in weichen kuschligen Tasterpfoten. Ich sah in große liebevoll-aufgeregte Menschenkinderaugen. Die kleinste Menschin hatte mich gerettet! Die Gute! Sie hatte mich mit sich auf das weiche Kuschelplätzchen im Hauptraum der Menschen gebettet und für mich ein köstliches Leckerbisschen vorbereitet. Dankbar begann ich zu schnurren und schmiegte mich so zärtlich es meine armen erschütterten Ohrnerven zuließen an das weiche Bäuchlein der lieben kleinen Menschin. Ich war sehr froh, mich zu den Menschen kuscheln zu können, anstatt von unberechenbaren Menschenüberraschungen torpediert zu werden. Heute werde ich dicht bei ihnen bleiben. Denn dieses Geknalle - das ich trotz meiner schwererschütterten Ohren zum wiederholten Male vernehmen mußte - macht mich nervös. Gerade sitzen die Menschen um den Tisch, lachen fröhlich und haben ein buntes Feuerchen angezündet. Darunter steht ein Napf, mit einer dampfenden Flüssigkeit, aus dem sie sich etwas in ihre eigenen kleinen Näpfe schöpfen und es genüsslich schlürfen. Es riecht warm, schwer, süß und ein kleines bisschen scharf. Es erinnert mich an den Sommer, wenn die Früchte alle ganz reif sind. Es ist sehr gemütlich und friedlich. Ich werde ganz schläfrig und fühle mich trotz des Geknalles draußen geborgen, denn ich habe mich nun auf den Schoß meiner Hauptfuttermenschin gekuschelt. Sie ist gut dressiert, denn sie streichelt mich sehr zärtlich.

6. Januar

ndlich, meine Damen und Herren, ist der Tag gekommen, den ich das ganz Jahr ersehnt habe: die Pelzprämierungsfestivität findet heute Abend statt! Und wie jedes Jahr habe ich mich auch diesmal optimal vorbereitet: ich sage nur Schönheitsschlaf. Selbstverständlich habe ich ansprechend und exzessiv gourmiert, natürlich meine Figur beim Jagen gestählt. Ich habe unzählige Kätzinnen und Menschen mit meinen bernsteinfarbenen Augen betört, das Schmeicheln erprobt, den Gentleman raushängen lassen und effektvolle Auftritte mit rassig-erotischem Schnurren perfektioniert. Stündlich habe ich meinen herrlichen Prachtpelz zum Glänzen gebracht: durch intensives Reinigen (höchstprofessionell meinerseits), durch liebevolles Streicheln (Menschendressur) sowie durch anregende bzw. beruhigende Massage (Menschendressur und - noch besser - amoureuse Abenteuer). Perfektioniert habe ich das äußere Erscheinungsbild meines göttlichen Flaums durch Striegeln mit einer besonderen Katzenbürste (gehobene Menschendressur. - Was mir das für Dressurkenntnisse abverlangt hat, meine lieben Damen und Herren! Ich musste mich auf den Boden vor den jeweiligen Menschen wälzen, laut und angeregt schnurren und spielerisch mit einer Pfote tatzen. Die Menschen haben dann diese tolle Bürste hervorgeholt (diejenigen, die über höhere Katzenintelligenz verfügen) und losgestriegelt. Das habe ich fast täglich wiederholt und die Menschen können das nun ganz annehmbar. Sie wissen ja, Menschen dressieren ist meine Leidenschaft!). Ich sage ihnen - mein Fell glänzt himmlisch!!!

Ach was sage ich – göttlich!!! Katerhaft!!! Ich muss aufbrechen, meine Damen und Herren: Ich, Jeremias von Höhnsdorf: Der zukünftige und amtierende Träger des katerhaftesten Prachtpelzes der nördlichen Hemisphäre.

7. Januar

Gewonnen!!! Mir allein gebürt der Siegeskranz, die Lobeshymnen und der süße Triumph! Mein ist der souveräne Sieg! Wie weh es mir tut – wie drakonisch und überholt es doch ist, dass ich mit dem uralten Gesetz der Geheimhaltung nicht brechen kann! Und ihnen meinen majestätischen Auftritt nicht schildern kann, meine Damen und Herren! Fest steht, dass ich – und nicht erst seit gestern – der begehrteste Junggesellenkater sondern der absolut bestaunenswerteste Pelzträger der nördlichen Hemisphäre bin – und das zum dritten Mal in Folge! Von Katzen umjubelt, von Katern beneidet – ein drahtiger, durchtrainierter und doch anmutiger Kater mit dem absolut unwiderstehlichsten Powackeln der Welt!

So, meine Damen und Herren, genug der Worte - ich muss mich nun ausgiebig in meinem gleißenden Ruhm sonnen.

25. Januar

Schon lange konnte ich - Jeremias der Liebesgott - mich mit derart profanen Dingen wie meinen Aufzeichnungen nicht mehr beschäftigen. Mittlerweile ist es noch kälter geworden und ich begnüge mich tagsüber damit kurz vor die Tür zu gehen und mein Revier olfaktorisch zu erfassen. Danach ziehe ich mich wieder in das Innere der wohlriechenden Behausung zurück und träume von amoureusen Abenteuern. Zurzeit trage ich meinen Prachtpelz und habe darin die Geschmeidigkeit eines Panthers, die Kraft eines Eisbären – und wie immer - die Würde eines Höhnsdorfs.

Heute nahm ich bei meiner Inspektion eine kleine aber wesentlich veränderte Duftnuance der olfaktorischen Gesamtkomposition wahr. Der Wind drang dabei selbst durch meinen Paradepelz und ich zog mich darauf leicht indigniert in meine weiche Ruheplatzhöhle zurück. Gnädig lies ich mich dann dazu herab, gestreichelt werden zu wollen. Irgendwann wurde es mir dann doch zu bunt, denn menschliche Liebkosungen sollte man dosiert genießen. Ich beschloss also meinen Rundgang dennoch anzutreten, sträubte prophylaktisch meine Haare und funkelte die Kälte mit meinen Augen beschwörend an. Innerhalb der kurzen Zeit, in der ich mich zurückgezogen hatte war die Welt plötzlich sehr verändert. Die Sterne leuchteten unbeschreiblich hell und klar. Sie flimmerten geheimnisvoll und unergründlich. Weiße Wollknäule tanzten von den Bäumen und die Welt war von etwas Kaltem und Weichen bedeckt, das aussah wie Flaum oder feine Hühnchenfedern. Ich fühlte mich äußerst erhaben, geradezu majestätisch – und schritt mit hoch erhobenem Schwanz ins Freie. - Ja, das entspricht meinen Vorstellungen von einem angemessenen Nachtspaziergang! Sogar das widerliche Wasser ließ sich erstmals von mir begehen. Es schwingt zwar noch ganz leicht, aber mit diesem unbeugsamen Bruder werde ich schon noch ganz fertig! So wahr ich Jeremias von Höhnsdorf heiße! Würdevoll wandelte ich durch die Fluren, nahm den magischen Schein des Himmels und des Flaums gebührend zur Kenntnis und war völlig entrückt. Der Flaum knirschte leicht und zart unter meinen Pfoten und glitzerte verzaubert. Der Wind lies Silberstaub durch die Lust tanzen und ich wusste nicht ob ich staunend dasitzen oder verrückt glücklich durch den magischen Flaum tollen sollte. Ich fühlte mich wie in einer andere Welt. So etwas Schönes hatte ich bis auf ein paar besonders leckere Häppchen noch nie gesehen. (Wenn man von amoureusen Abenteuern, Pelzprämierungsfestivitäten, knusperfrischen Mäusen, Sonnenuntergängen und noch ein paar Kleinigkeiten absieht). Plötzlich umtanzte ein zarter verführerischer Duft meine kleine Nase. Ich schloss die Augen und schnupperte mich magisch angezogen zu der zauberhaften Quelle des Duftes. Genießerisch sog ich den paradiesischen Wohlgeruch in meine Lungen bevor ich langsam die Augen öffnete und direkt in ein bengalisch leuchtendes erotisches Augenpaar sah. Ich erschauerte vor Lust, Verlangen und Entzücken – ich war tatsächlich in einer anderen Welt!! Wie gesagt, ein Höhnsdorf schweigt und genießt…jedoch möchte ich anmerken, dass dieser Flaum unheimlich effektvoll zu erotischen Augen staubt (wenn sie verstehen, was ich damit meine).

29. Januar

Ich fühlte es schon vor dem Erwachen: Nebelfetzen verfingen sich in meinen Herzmuskelfasern, Bodennebel brodelte von meinem tiefsten Herzensgrund empor. Die grausame Melancholie umklammerte mit kalten, feuchten Händen mein Herz. Mühevoll öffnete ich meine schweren Augenlider. Ich seufzte schwer. Meine Schnurrbarthaare hingen traurig und bleischwer nach unten, mein Pelz schimmerte stumpf und matt. Der Katerblues lag feixend auf meinem Gemüt. Von draußen waberte das fahle, neblige Wintermorgenlicht depressiv durchs Fenster. Ich döste endlos erschöpft vor mich hin, bis ich mich schließlich dazu durchringen konnte mich zu erheben. Lustlos und schwerfällig schlurfte ich zu meiner Futterschüssel. Ohne Appetit kaute ich kraftlos auf den Fleischstückchen herum und spuckte sie gelangweilt neben den Schüsselrand. Sie schmeckten fade. Nach gar nichts. O, dieser elende Katerblues. Meine Damen und Herren. Leider weiß ich immer noch nicht, warum er mich überhaupt überfällt, meine Damen und Herren. Über Nacht schleicht er sich genüsslich in mein Gemüt nistet sich ein und ich fühle mich dann allenfalls wie in unwürdiger Wurm. Nicht annähernd wie ein würdevoller Gentleman aus einer traditionsreichen Familie. Nicht annähernd wie ein Jeremias von Höhnsdorf, ein umschwärmter Katzen- und Frauenschwarm, wiederholter Träger des schönsten Pelzes der nördlichen Hemisphäre. Nein, meine Damen und Herren.

Erfahrungsgemäß hilft Lamentieren leider nicht, auch wenn es noch so verführerisch scheint. Neben Fressen und Powerdösen hilft da nur eines: Hochdressierte Streicheleinheiten von menschlichen Tasterpfoten. Und da habe ich vorsorgen können: Meine Menschen sind gut dressiert (meistens jedenfalls) – und glücklicherweise auch sehr einfühlsam (wenn es darauf ankommt). Der größte Mensch entdeckte mich als erster. Noch bevor er sich um sein eigenes erstes (und einziges!) Frühstück bemühte, nahm er mich vorsichtig auf und fragte besorgt:" Na, Katerchen, was ist denn heute mit dir?" und dann kraulte, liebkoste und streichelte er mich so lange, bis sich der Katerblues kleinlaut und winzig davonschlich – und ich von meiner Dressurarbeit restlos begeistert war! Der Nebel in meinem Herzen hatte sich wieder gelichtet...

Dieser größte Mensch – wenn andere Menschen in der Nähe sind, verhält er sich wie ein richtiges Alpha-Rudeltier, aber in Wirklichkeit habe ich ihn am besten von allen dressiert. Wenn er das wüsste... Zufrieden hopste ich wieder von seinem Schoß. Beglückt stellte ich fest, dass die Spannkraft in meinen Schnurrbarthaaren wieder völlig intakt war und genau in diesem Moment sah ich auch die helle hoffnungsvolle Januarsonne durch die Wolken blinzeln. Vielleicht würde der Tag doch noch ganz passabel verlaufen. Ich linste interessiert zu meiner Futterschüssel. Bevor ich weitere Inspektionen vornehmen konnte, spürte ich einen eisigen Luftzug. Jemand hatte die Tür zur Behausung geöffnet. Empört wollte ich mich schon auf mein warmes Ruheplätzchen zurückziehen und den Plan vom Speisen verschieben, als die Hauptfuttermenschin mit einer anderen Menschin, die ein großes schweres Bündel trug, durch die innere Behausungstür kam. Sie unterhielten sich fröhlich. Gerade als ich ihnen meine Aufwartung machen wollte bewegte sich das große Bündel. Es zappelte heftig und quietschte ungeduldig. Die andere Menschin lachte, stellte das Bündel auf den Boden, wickelte es auf – und zum Vorschein kam ein kleiner Mensch! Ich hatte noch nie einen so kleinen Menschen gesehen. Er konnte sogar schon auf zwei Beinen laufen. „Ich bin ebenso groß, wenn ich mich auf zwei Beinen aufrichte", überlegte ich überrascht und sehr erfreut. „Endlich habe ich ein adäquates menschliches Gegenüber als Kampfgegner." Doch dann sah ich in seine riesigen lieben unschuldigen Augen - sie hatten noch keinen Kampf gesehen und schon gar nicht ausgefochten – und so vergaß ich sämtliche Rivalengedanken. Fasziniert starrten wir uns einige Sekunden an. Der kleine Mensch verzog das Gesicht zu einem strahlenden Menschenlächeln und tapste unbeholfen auf mich zu. „Tatze! Liieebe Tatze!" schrie er begeistert. Gerührt sah ich das kleine Wesen an. Wie niedlich seine kleinen Tasterpfoten waren, fast wie bei Katzen. „Ei, Ei Tatze!" quietschte das kleine Menschlein, packte mich, drückte mich und patschte mir enthusiastisch auf den Kopf. Wie vom Donner gerührt stand ich da. Der kleine Mensch war schon ganz schön kräftig. Bei jedem Patschen tanzten Sterne vor meinen Augen. Er zog mich energisch am Schwanz. „Tatze kommen!" befahl der kleine Mensch. Mir verging Hören und Sehen. Innerlich knurrte ich zornig und schmerzerfüllt auf. Mit aller Kraft hielt ich meine Krallen zurück. Aber ich konnte doch so ein kleines Wesen nicht antatzen, auch wenn es mir noch so wehtat. Wenigstens waren die großen Menschen in diesem Moment etwas vernünftig und zogen das Menschlein von mir weg. „Das tut der Katze weh." erklärten sie dem Kleinen geduldig. „Bei mir sind sie nie so geduldig wenn ich einmal dringend tatze", überlegte ich brummig und doch ein klein wenig eifersüchtig. Ab und zu tatzen sogar die großen Menschen zurück, wenn ich sie besonders energisch angreife, meine Damen und Herren! (Ein kleiner Schlagabtausch unter

Gentlemen ist ja zugegebenermaßen auch legitim.) Vielleicht sollte ich doch besser mein Heil in der Flucht suchen. „Tatze Milch haben," befahl das kleine Menschlein nun den großen Menschen. Ich spitzte die Ohren „Guudes Essen." Ich besann mich und wollte dem kleinen Mensch gleich ein glänzendes Exempel eines gebildeten, geduldigen Katers und Gentleman statuieren. Und dann, meine Damen und Herren bekam ich tatsächlich herrliche Leckerschmeckereien zugesteckt, bis ich fast nicht mehr fressen konnte. Das kleine Menschlein freute sich bei jedem Bissen, den ich vorgesetzt bekam. Es hopste und gluckste begeistert und erkundigte sich bei mir bei nahezu jedem Bissen höflich, ob es mir mundete. „Gut?" fragte es mit schiefgelegtem Kopf und runden Kulleraugen. Gerade als ich entspannt die kulinarischen Genüsse auf meiner Zunge zergehen ließ erbebte mein zartes Haupt erneut. Das Menschlein „verwöhnte" mich liebevoll mit einer Patschkanonade aus seinen tapsig-grausamen Tasterpfoten. Noch bevor ich mich von diesem Schock erholen konnte kreischte es urplötzlich überschwänglich „ei, ei" und drückte mich so fest an sich, dass ich erschrocken nach Luft japste und die großen Menschen eingreifen mussten (manchmal sind die großen Menschen doch ganz hilfreich). Trotz der allerbesten Leckerbissen und der besten Gentleman-Vorsätze hatte ich nun deutlich genug! Ich beschloss, mich zurückzuziehen, zu rekreieren und eine Dressurstrategie zu entwerfen: Das Menschlein muss trotz beeindruckendem Gourmetverständnis noch gründlich dressiert werden.

30. Januar

Mittlerweile habe ich mich an das weiche Geflöck so gewöhnt, dass ich es nicht mehr missen möchte. Das Wasser wird immer weniger unbeugsam als früher, lässt sich problemlos betreten und das gefällt mir wohl. Leider muss ich notieren, dass diese Jahreszeit die Menschen und auch meine Wenigkeit etwas unausgeglichen macht. Meine vier Menschen haben sich heute angeschrien. Ich glaube, sie fressen und schlafen nicht genügend (zu wenig Genusssucht, deutlich zu wenig Völlerei!). Oder vielleicht ist das aber auch so eine Art Revierkampf, denn sie verlassen die Behausung sehr ungern.

Nur die langhaarige jüngere Menschenfrau hat fröhlich gewinkt (allerdings mit zwei gefährlich aussehenden langen Latten und zwei etwas kürzeren Speeren).

Na, ich ziehe mich da jedenfalls lieber elegant aus der Affäre und auf mein bequemes Plätzchen zurück. Es ist untertags immer grässlich grell draußen, wenn die Sonne auf den Schnee scheint. Doch Achtung! Jetzt vertreiben Sie mich von meinem Ruhepol, obwohl ich mich schlafend stelle und fröhlich schnurre – diese Herzlosen. Jetzt sprechen sie auch noch etwas von „fetter" und „fauler Kater" – sie werden doch nicht etwa mich meinen?!! Jedenfalls bin ich jetzt draußen. Das einzige, das mich tröstet ist, dass ich mich, wenn der Mond schon eine Weile scheint mit dem liebsten Wesen der Welt unter das Sternenzelt setze und mich heute einmal verführen lasse. Ich brauche dringend ein paar zärtliche Worte ins Ohr geschnurrt! Es ist nicht immer leicht, ein Gentleman zu sein.

P.S.: O, was sehe ich da! Das Menschenfrauwesen hat die langen Stecken um die Füße geschnallt und sticht mit den Speeren auf das weiche Geflöck ein. Sie saust damit auf dem Flaum herum. Ich werde sie vorsichtshalber beobachten und verfolgen. Ob sie wohl damit jagen will? Falls sie Beute macht, werde ich mich als Gentleman natürlich zur Verfügung stellen und gleich einen kleinen Gourmetteil in meinen Magen versenken. Dann muss sie nicht so schwer tragen.

4. Februar

eute habe ich, nachdem alle Bewohner des Hauses mir die Obhut übertrugen, noch eine genaue Inspektion des Hauses vorgenommen. Es gibt schon seltsame Dinge in einem Menschenhaushalt: Tiere, die plötzlich brummen oder unverhoffte Attacken auf einen ehrwürdigen Gentleman unternehmen…(ganz zu schweigen von verführerischen Dingen, die köstlich duften – aber davon ein ander Mal). Denn gerade als ich mir den wichtigsten Inspektionsgang vornahm und meine Essschüssel überprüfte, entdeckte ich einen angenehmen Raum mit zahlreichen Ruheplätzen. Auch hier steht ein Tier mit riesigem Maul – aber es tut nichts, jedenfalls momentan. Ich ließ mich also auf dem höchsten Ruhekissen, das ungemein weich und angenehm ist nieder und schlief den Schlaf des Gerechten. Gerade, als ich von einem großen duftenden Futternapf träumte, packte mich die größte Menschin, schüttelte mich und war etwas zornig. Sie rief immer etwas von sauberer Wäsche und langen Katzenhaaren. Ich denke, sie sollte viel, viel ruhiger werden. Wir hätten uns die vielen Ruheplätze ja teilen können.

28. Februar

Lange ist nichts Bemerkenswertes passiert – doch heute ist ein neuer Mensch zur Tür hereingekommen und hat das langhaarige junge Menschenfrauwesen mit ein paar Kräutern begrüßt. Ich bin nicht von der Stelle gewichen und habe fortwährend ihre Beine umstrichen – mir soll sie ihre ungeteilte Aufmerksamkeit schenken!!! Als sie mir schließlich einen guten Leckerbissen gegeben hat, habe ich mich beruhigt auf meinem Stammplatz, der warm, behaglich, geschützt und doch sehr informativ ist, begeben. Umständlich und aufwendig habe ich mich zusammengerollt und so getan, als würde ich schlafen. Natürlich begann ich prophylaktisch kräftig zu schnurren. Der neue Mensch scheint die Menschin sehr gerne zu haben und umgekehrt auch: Plötzlich ist der neue Mensch näher zu der Menschin gerückt und hat sie an sich gedrückt. „Na warte", habe ich mir gedacht, „ das ist mein Revier!" Bin losgesprungen und mit einem höhnsdorfwürdigen Satz zwischen beiden gelandet. Dann habe ich wieder so getan, als würde ich meine Augen schließen und habe geschnurrt. Der Mensch fühlte sich gut an – und so war ich wieder etwas besänftigt. Ich beobachtete genau, wie sie sich zärtlich ansahen. Dann haben sie fest gelacht und mich gestreichelt. Ich finde, der Neue darf wiederkommen.

5. März

ie Menschin ist außer Rand und Band, singt ohrenbetäubend, drückt mich dauernd fest an sich und schmust mit mir. Der neue Mensch scheint ein sehr guter Kater zu sein, aber das Schmusen sollte er teilweise lieber selbst übernehmen. Denn ich, der Chef des Hauses ziehe nur dann, wenn mir danach ist, ein schmusiges Stelldichein einer zarten, leckeren Speise vor.

11. März

Heute hatte ich ein affreuses Abenteuer!!! Wie schon oft erwähnt, hasse ich Wasser. (Leider konnte ich nur einen teilweisen Sieg über dieses widerliche Element erzielen, wie sie gleich erfahren werden). Nicht nur der neue Mensch braucht ein paar aufbauende Worte – nein, auch ein Kater wie ich! Ich war also auf meinem allabendlichen Rundgang, sah einen alten Bekannten und stürmte fast schon aus Gewohnheit über ein kleines Fleckchen Wasser, das an einem stinkenden Berg liegt. Plötzlich rächte sich das Wasser, es wurde wieder weich, ich hatte keinen Halt mehr unter den Pfoten - und sank! Mit dem Mut der Verzweiflung nahm ich meine letzten Kraftreserven zusammen, schoss aus dem stinkenden Wasser und jagte mit angstgeweiteten Augen nach Hause. Ich wollte mich nur noch etwas säubern und dann hinlegen und witschte behände durch die Tür. Leider war da der kleinste Mensch packte mich mitten in der Flucht und kreischte etwas von „stinkendem Kater" und „Dusche". Ich kratzte und fauchte denn nach so einem Abenteuer habe ich doch etwas Ruhe verdient!! Vor allen Dingen wollte ich mich aber säubern!!! Aber es half alles nichts: Auch die größere Menschin kam und sie trugen mich trotz heftigstem Protest in einen warmen Raum. Ich stellte mich etwas ruhiger und wollte, kaum, dass ich den Boden verspürte schnell wegsausen, aber das kleine Wesen hielt mich mit Schraubstockhänden fest. Plötzlich setzten sie mich in eine Vertiefung und stellen sie sich vor, meine Damen und Herren, es begann zu regnen! In der Behausung!! Es goss und ich kratzte, tobte, schrie und wütete und es goss, es schüttete, es prickelte, es sprühte und nieselte und spritzte und schäumte und ich bäumte mich auf, wand mich. Auch die kleinste Menschin schwitzte und wurde von dem Regen nass, aber sie hielt mich fest! Nach einer Ewigkeit hörte es endlich auf zu regnen und ein Tuch schlang sich um mich! Voll Schmach und Zorn schrie und knurrte ich, peitschte ungeduldig mit meinem Schwanz und zerfetzte mit meinen scharfen Krallen das Tuch, dass die kleine Menschin schmerzerfüllt aufschrie, schlüpfte zwischen ihre Beine hindurch und rettete mich in den entlegensten Raum des Hauses. Dort werde ich mich erst mal richtig putzen und von diesen fürchterlichen Abenteuern erholen.

20. März

Ich hörte sie schon seit mehreren Tagen. Diese zauberhafte, sinnliche, erotische Stimme. Diese erotischprickelnde Melodie... sie ging mir nicht mehr aus dem Kopf...

Zunächst war ich angetan und äußerst interessiert. Ich summte beschwingt vor mich hin. Ich machte mich sehr sorgfältig zurecht, prüfte meinen sanften Honigbass und spazierte mit hoch erhobenem Schwanz in Richtung Behausungstür. Gerade als ich mich anschickte aus der Behausungstür zu schreiten, knallte sie mir entgegen und donnerte vor meiner pikierten Nase zu. Keine CONTENANCE; MEINE DAMEN UND HERREN! Was für ein Benehmen, meine Damen und Herren. Affreux!!!

Kurz darauf hörte ich das Menschenrenntier aufjaulen und begriff augenblicklich: ich bin gefangen! (Die Menschen verriegeln jede noch so kleine Luke hermetisch, wenn sie alle mit dem Menschenrenntier wegfahren. Das scheint ihre etwas eigenwillige Art zu sein, das Revier in ihrer Abwesenheit zu verteidigen.) In solchen Momenten hilft es leider nur, sich kräftig aus dem Futternapf zu bedienen und abzuwarten. Schreien, kratzen und rufen – sonst wohl erprobt und ein Garant für jegliche Problemlösung - ist völlige Kräfteverschwendung Dennoch suchte ich alle strategischen Schlupflöcher auf, lauschte andächtig dem zauberhaften Gesang, trottete in aufregenden Gedanken an meine erste Begegnung mit der stimmgewaltigen Schönheit versunken zur wohlgefüllten Futterschüssel und fraß sie verträumt und huldvoll leer. In freudiger Erwartung schlummerte ich zufrieden ein. Als die ersten schmackhaften Vögel den neuen Morgen ankündigten und mich aus meinem Schönheitsschlaf rissen – ich beschloss umgehend sie als erstes Frühstück zu verspeisen – dröhnte das Menschenrenntier den Rennpfad herauf. Schlagartig war ich glockenwach. Ich raste zur größten Öffnung der Menschenbehausung witschte blitzschnell zur Tür, brachte alle Menschen zum Stolpern und sprang behände der Stimme meiner Angebeteten entgegen. Ihre glockenreine, sirenenhafte Stimme die nun ungehindert durch die erfrischende Nachtluft prickelte verschlug mir den Atem und vernebelte meine Stimme. Ich erschauerte vor Verlangen. Leider, meine Damen und Herren, gab ich mich meiner Sinnenlust einer Sekunde zu lange hin. Zwei große Schraubstockhände umfassten mich, ließen mich durch die Luft schweben und verfrachteten mich unsanft auf mein Notliegeplätzchen. Ich tobte und schrie – aber die Menschen waren unerbittlich. Die Behausungstür öffneten sie mir nicht. Erschöpft und tief gekränkt rollte ich mich grollend auf dem streng verbotenen Liegeplätzchen des größten Menschen zusammen und gab vor zu schlafen. Als er mich vorsichtig entfernen wollte, tatzte ich mit einem Aufschrei nach ihm, verschanzte mich unter sein Liegeplätzchen und schnarchte aus Rache die ganze verbleibende Nacht aus Leibeskräften.

21. März

Als ich ihre Stimme heute gleich nach dem Erwachen erneut hörte, war ich elektrisiert und voll Sehnsucht. Ich rief und flehte, ich bettelte und winselte. Selbst meinen Futternapf ließ ich unberührt. Endlich öffneten mir die Menschen eine Luke und ich schnellte heraus, so schnell mein Prachtpelz das ermöglichte. Und wieder hörte ich ihren überirdischen Gesang! Wie hatte ich nur so ein elektrisierendes Geschöpf in nächster Nachbarschaft so lange nicht bemerken können... „Wie kann nur Garfield so lange ohne seine Angebetete ausharren", schoss es mir durch den Kopf. Diese Ungewissheit, diese Sehnsucht, diese wilde bohrende Leidenschaft... unsäglich...grausam. Noch einen beherzten Sprung über die Rosenhecke – und da thronte sie. Direkt über mir. Auf einem hohen Menschenbalkon. Das Mondlicht verfing sich verliebt in ihrem rötlich schimmernden Langhaarpelz. In ihren Augen schimmerte es unergründlich und zugleich verheißungsvoll: Eine Rassekatze vom Schwanz bis zu den Tätzchen. Ergriffen und tief gerührt stimmte ich sogleich eine Liebesballade an und legte all meine Leidenschaft hinein. Schon nach wenigen Tönen fühlte ich geradezu wie meine Angebetete mein Rufen und Flehen nicht nur erhörte - sie erwiderte es mit einem derart feurigen Verlangen, dass mir schwindelte. Ich hielt kurz inne, atmete tief durch und wir blickten uns verliebt in unsere Augen. Wir vergaßen Raum und Zeit, wir vergaßen, dass das erste Nachtmahl schon verstrichen war – und wir vergaßen leider die Menschen. Plötzlich fühlte ich nämlich einen stechenden

Schmerz auf meinem Rücken. der Hauptfuttermensch meiner Angebeteten hatte seine Füße ausgezogen und auf mich geworfen, schrie aufgebracht etwas von „räudiger, rolliger Kater" und schlug wütend mit einem glatten kalten Gegenstand auf mich ein. Meine Angebetete, die mir zu Hilfe eilen wollte, stieß er grob in das Innere der Behausung, so dass sie erschreckt aufmaunzte. Meine Lust war groß, meine Liebe rasend – die rasenden Schmerzen auf meinem Rücken rasten jedoch immer toller. Vor meinen Augen begannen Fünkchen zu tanzen. Wie immer, bevor ich ohnmächtig werde. So musste ich kläglich und ganz und gar nicht wie ein Gentleman, meine Damen und Herren, den Rückzug antreten. Betreten und traurig schlüpfte ich durch meine Luke und leckte meine Wunden. Gegen die seelische Grausamkeit mancher Menschen ist jedoch kein Katzenkraut gewachsen. Mir die Liebe meines Frühlings so taktlos zu zerstören. Unsere ersten zarten Bande zu durchtrennen, ja geradezu zu zerreißen, die Knospe der Liebe zu zertreten!! Wie grausam, bösartig und hinterhältig, wie taktlos und unsensibel! Finster schwor ich mir, meine Geliebte dennoch zu verführen. (Immerhin konnte ich wenigstens meinen Hauptfuttermenschen zu einer Seelentröster-Massage animieren.)

22. März

Heute, am dritten Tag meiner Minne, verzehrte ich mich vor Verlangen. Mit vor Fieber flackernden Augen schlich ich umher. Speisen konnte und wollte ich nicht mehr. Hingebungsvoll lauschte ich auf jeden noch so kleinen Ton meiner Katzengöttin und schrie meine leidenschaftliche Erwiderung aus voller Kehle in die klare, mondhelle Frühlingsnacht hinaus - und sie antwortete! Ich raste vor Leidenschaft! Ich war nur noch von einem Gedanken besessen: zu IHR! Wie besessen quetschte ich mich bei der nächsten Gelegenheit durch die innere Behausungstür zum Dach: Wie in Trance stieß ich die nachlässig verschlossene Dachluke weit auf. Jede Faser meines Herzens, jeder Muskel, jeder noch so zarte Pelzflaum strebte zu ihr – und da saß sie. Im jungfräulichen Mondlicht. Noch schöner, noch verführerischer als ich sie ohnehin im Gedächtnis und in meinem Herzen trug. Sie sah zauberhaft, wundervoll - nein, mir fehlen die Worte meine Damen und Herren... sie sah einfach... sie sah einfach katzig aus. „Rrrrrrrrrr!" fauchte ich verwegen und rassig. „Rrrrrrrr!" antwortete sie wild und zärtlich zugleich. Verführerisch glitt sie zu Baden und wälzte sich aufreizend. Unsere Köpfe kamen sich immer näher. Leicht und liebevoll berührten sich unsere Schnurrbarthaare. Wir schmusten und schnurrten so herrlich zärtlich! So wundervoll schwebend. Ohne Hast. Nur wir beide. Nur wir.

Oh, dieser göttliche Augenblick.

Verliebt sahen wir uns an und schnurrten leise und vergnügt.

Wie lustig und fröhlich ihre Augen lachten. Wie wundervoll sich das Mondlicht darin wieder spiegelte! Was für eine charmante Katze!

„Der Mensch ist ausgegangen, die goldnen Sternlein prangen." Begann sie die altbekannte Liebesweise. „am Himmel hell und klar. Wir schmusen wild zu zweien wir werden heute freien, unter dem Monde wunderbar." Mein Herz hüpfte vor Freude – der grobe, ungehobelte Mensch war tatsächlich nicht zu riechen!

Dann kam sie mit ihren lieben Augen und ihren seidenweichen Ohren ganz nah auf mich zu. Umschmeichelte mich von dem Schnurrbart bis zur Schwanzspitze. In mir begann es zu prickeln.

Ich schloss die Augen um besser fühlen zu können: Ihr warmer, zärtlicher Pelz, ihr aufgeregt pochendes Herz an mich gedrückt, dann wieder ihr weicher Löwenmähnenkopf an mich geschmiegt, ihre erotische Stimme, ihr immer schnellerer Atem, ihre immer drängenderen Bewegungen. Sie war heiß – heiß – heiß!!!! „ OH ja, ja, ja!" schrie es in mir. „Ja!", hauchte auch sie! „Ja, das würde dir so passen!" blaffte eine grobe, schmierige Katerstimme. Wir erstarrten. Ein Alptraum! „Ich hab da schließlich auch noch ń Wörtchen mitzureden." Er drängte sich grob zwischen uns und versuchte meine Kätzin unsittlich zu beschnuppern."Nicht wahr, Puppe? HÄHÄHÄ.", lachte er rauchig und ordinär. Dieser räudige, eklige impertinente Nachbarskater von schräg gegenüber!

Ich hatte ihn schon immer versucht zu meiden. Bisher hatte ich Glück gehabt – und faule Äpfel. Aber nun war Frühling und die Apfelbäume ein gutes Stück weit entfernt. Sein ungepflegtes verklebtes zottig fehlfarbenes Fell, seine fast immer entzündeten Augen – und vor allem sein scheußlich-stinkender Atem gepaart mit seinen gelben schmierigen Fangzähnen. „Na Softie, auf geht's, lass Dich verprügeln, dann bin ich schön aufgewärmt und nehm ´die Kleine. Dann zeig ich ihr mal was ein richtiger Kater ist!"

Meine zarte zauberhafte Katzengöttin! Allein so von ihr zu sprechen! Das musste ich verhindern! Mir graute zwar vor dem physischen Kontakt mit diesem ungebildeten Ekelpaket, aber wenigstens bleibt es meiner Lieben erspart, machte ich mir Mut. Ich seufzte tief. Was man sich bei so einer verkommenen Kreatur nur für Keime, Bakterien und Bazillen einfangen kann...

Wir Kater nahmen also unsere Kampfpositionen ein. Meine Liebe dieses Frühlings auch. Sie verharrte nach alter Tradition und wie es das Kampfprotokoll vorschreibt unbeteiligt an unserem lauschigen Liebesnest, wandte sich ab und begann sich frisch zu machen. Ich blickte ihr verzaubert nach. Ich begehrte diese Kätzin, ich sehnte mich nach ihr und ihren Zärtlichkeiten. Ich musste einfach gewinnen. Innerlich aufgewühlt und ungeduldig weiter bei ihr sein zu können, nahm ich die vorgeschriebene Kampfposition ein. Der helle wunderbare Vollmond verschwand hinter einer dicken Wolke. Wie passend, dachte ich bitter. Ich schloss noch einmal kurz die Augen, atmete tief durch. Ich sah ihren weichen, flaumigen Pelz vor mir im Mondlicht schimmern, ich fühlte ihre zärtlichen, fast beiläufigen Bewegungen, ihren unvergleichlichen Duft, ihre weiche Stimme. Ein infernalisches Kampfgebrüll donnerte auf mich zu, eine saftige Ohrfeige traf mein gepflegtes, sorgfältig geputztes Gesicht, ein wilder Tatzenhieb bohrte sich in meinen Oberschenkel, ein widerwärtiger Schweißgestank traf meine verzärtelte Nase und riss mich brutal in die Gegenwart zurück. Dieser widerwärtige, ungepflegte unkultivierte Kater besaß auch keinerlei Anstand und Erziehung für einen zivilisierten Kampf! Noch ehe ich meinen Mund öffnen konnte, überrannte er mich ein zweites Mal und prügelte grölend auf mich ein. Verzweifelt versuchte ich wenigstens auf die Beine zu kommen.

Aber er drosch derart unzivilisiert auf mich ein, dass mir Hören und Sehen verging. Allerdings war sein aufdringlicher Geruch äußerst penetrant präsent...mir wurde äußerst flau um nicht zu sagen speiübel. Ich fühlte, das er mir noch einmal kräftig in den Bauch biss, urplötzlich von mir abließ und schrie: "Hei Puppe, mach Dich fertig. Der Sieger steht fest!"

Ich fühlte...Schmerzen. Alles schmerzte. Jeder Muskelfaser fühlte sich an, als ob sie verdrillt, losgelassen und nochmals geschlagen worden wäre. Ich schluckte vor Schmerzen. Alles tat mir weh. Am meisten mein Herz. Meine geliebte Katzenprinzessin. Der Traum meiner schlaflosen Nächte! Ausgerechnet an diesen räudigen Kater. Ich schluckte schwer. Noch ein letztes Mal wollte ich sie sehen bevor... der andere Kater..." tieftraurig blickte ich zu ihr hinüber.

Gerade erhob sie sich betont gelangweilt (für Katzendamen schickt es sich nicht einen Katerkampf zu verfolgen) und blieb für einen kurzen Augenblick stehen. Genau in diesem Moment kam der Mond hinter der Wolkenwand hervor. Er tauchte alles in sein magisches silbriges Licht. Der prächtige Pelz meiner – ach seiner!- Katzendame schimmerte in tausend Rot-Braunnuancen. Wie edel! Wie verführerisch! Mein Atem stockte vor Hingabe. Ihre Augen glühten wie flüssiges Gold. Sie sah vollkommen aus. – Und ich, ich Jeremias von Höhnsdorf, hatte sie an dieses Scheusal verloren.

Das silbrige Mondlicht verschwamm vor meinen Augen. Beschämt senkte ich den Kopf und zwei dicke, schillernde Mondlichttropfen, die sich in meinen Augen verfangen hatten, kullerten zu Boden und fielen wie Tau auf das weiche Gras. Vergebens versuchte ich zu schlucken. Ich war so beschämt. So abgrundtief traurig. Mein Herz fühlte sich so leer und verlassen an. Unfähig weiter zu schlagen. Alles war verloren. Diese unappetitliche abscheuliche Bazillenschleuder würde meine angoraweiche gepflegte weiche appetitliche... Ich wagte nicht weiterzudenken. Am liebsten wollte ich sterben. Ich schluckte hart.

Die Tradition verlangt trotzdem, dem siegreichen Kater noch einmal in die Augen zu sehen und die Kätzin freizugeben. Ich konnte das doch nicht! Oh nein! Mein Herz holperte hart. Gleich würde es brechen. Hastig holte ich Luft und stieß sie wieder aus. Es gibt zwei Grundweisheiten im Leben. Eine davon lautet: alles hört garantiert irgendwann einmal auf – und mag es noch so schrecklich sein. Ich sah in den sternenübersäten Himmel und bat in Gedanken den Katergott: „Lass es ganz besonders schnell gehen." Ich blickte wieder eine winzige Winzigkeit gefasster nach unten, der Realität und dem unaussprechlichen Kater ins Auge. Aber da war auch sie: meine Katzengöttin. Edel. Schön. Und für mich unerreichbar. Und dem Kater so nah. Ganz nah war sie nun zu ihm gekommen. Und ich wusste genau: „Sobald sie es sich vor seinen Füßen bequem gemacht hat, gehört sie unwiederbringlich ihm." Vor Schmerz maunzte ich laut auf.

Meine prachtvolle Kätzin zog erstaunt und ganz fein ihre rechte Augenbraue nach oben und blickte mich an; setzte geschmeidig Pfötchen für Pfötchen und stolzierte völlig unbeteiligt – stellen sie sich vor meine Damen und Herren!!! - völlig unbeteiligt an dem räudigen, hässlichen Kater vorüber! Juchu!!!!!!! Jubilierte mein Herz. Mein Atem durchströmte wieder lustvoll meine Lungen, mein Herz stolperte – aber diesmal vor Glück und ich hätte schreien können vor Seligkeit!

Die Kätzin blinkte verführerisch mit ihren wunderschönen tiefgoldenen Augen, warf ihren Kopf keck zurück, glitt vor mir sachte zu Boden und wälzte sich tänzelnd vor mir auf dem Boden. Leidenschaftlich begann sie zu singen. Sie hatte tatsächlich mich erwählt!!! Ich war ganz einfach nur noch verrückt glücklich. Der Kater hatte trotzdem verloren und musste sich nun still zurückziehen, wie es das uralte Katergesetz vorschreibt. Ich konnte es kaum erwarten, wie sie sich denken können, meine Damen und Herren. Sehr ungentlemanhaft (oder wenig gentlemanlike?) und äußerst geistesabwesend nickte ich ihm kurz zu (wäre im Nachhinein auch eine Verschwendung gewesen. Ihm eine Tausendstelsekunde mehr Achtung zu zollen). Ich hatte ohnehin nur mehr Augen für meine (!!!) Schöne. Leise und zärtlich sang sie nur für mich und schmiegte ihren seidenweichen Kopf an meinen. Ich spürte ihren Duft, sog ihre Anwesenheit in mich auf, ihr zartes Vibrato in der Stimme, ihre Nähe, Ihre Wärme. Nur wir beide. Ein Mikrokosmos reinen Glücks. Wir wiegten uns sanft. Ihre Bewegungen wurden aufgeregter, wilder. Wir wiegten uns leidenschaftlich, wild. Erotisch prickelnder Genuss durchfuhr mich. Aufgewühlt packte ich sie mit leidenschaftlichen „RRRRRRRRRRRR"-Lauten gepaart im Nacken und tanzte sanft, leidenschaftlich und schließlich hemmungslos ekstatisch mit meinem Schmusekätzchen. Herrlich ineinander verschlungen und verkrallt schwebten wir schwerelos in unserer reinen Ekstase bis uns ein wahrer Meteoritenschwarm erschöpft und glücklich auf die kühle Erde ins nachtfeuchte Gras gleiten ließ. Fauchend und Tatzen schlagend – wie es das uralte Ritual verlangt - verjagte mich meine Liebesgöttin, um sich frisch zu machen. Kurz darauf begann sie mich wieder sinnlich und herzerweichend zu rufen, stimmte eine ergreifende Liebesarie an und umschmeichelte mich, dass mir die Lust aus allen Poren schoss. Ich konnte nicht genug von ihr bekommen: ihre sinnlichen Reißzähne, ihre erotische Stimme, ihr seidenweiches Fell, ihre rassigen Krallen und ihr süßer, fester, geschmeidiger – o was für ein erotischer Körper! Wir liebten uns die ganze Nacht. Liebestoll. Zärtlich. Leidenschaftlich. Hemmungslos. Katzenhaft. Katerlieb. Nie zuvor hatte ich eine Katze so begehrt. Sie hatte mich erwählt(!!!) . Sie liebte mich so sehr, wie ich sie.

Als die Morgensonne langsam über die Felder kroch, schlüpfte ich herrlich erschöpft und wunderbar durchtrainiert wieder durch meine Dachluke, rollte mich glücklich zusammen, seufzte zufrieden, schloss die Augen – und träumte einen seidenweichen, liebevollen und sehr verliebten Katertraum.

11. April

Heute war ein beschaulicher Tag, wie ich ihn liebe. Draußen kam das Wasser mal wieder von oben, ich zog angewidert mein zartes Näschen zurück und trollte mich auf meinen Lieblingsplatz. Dort ist es warm und riecht lecker. Die Speisenzubereitungsstelle liegt in Reichweite und man kann dem Regen in aller Ruhe zuhören wie er gluckst und murmelt, ohne nass zu werden. Auch die Hauptfuttermenschin rollte sich auf dem Liegeplätzchen zusammen und raschelte mit Papierblättern, die sie ab und zu vertauscht (was mir sehr zusagt, das Geraschel). Manchmal knackte sie mit ihrem Gebiss in einen Apfel. Nach einer Weile schnurrte ich an sie herüber und kuschelte mich fest an sie. Ich habe sie gut dressiert, deshalb fing sie sofort an, mich zu streicheln. Plötzlich stockte sie und begann, in meinem Fell herumzuwühlen; genießerisch schloss ich die Augen und dachte: Gute Dressurarbeit Herr v. Höhnsdorf, prachtvoll, wunderbar. Sie legte ihre Taster auf das Fell und suchte genau die Stelle ab, die mir in letzter Zeit so unangenehm auffällt. Irgendetwas Scheußliches hat sich da hineingeklemmt. Entgegen meiner sonstigen Art ließ ich sie also gewähren, denn ekelhafter wird sich der Fleck wohl nicht mehr anfühlen können. Die Menschin murmelte etwas von „Zeckenzange" oder so, erhob sich, suchte etwas in einem anderen Raum und kam mit einem glänzenden Gegenstand zurück, den sie an mich drückte und –schlups – das unpässliche Gefühl besserte sich merklich. Ab und zu sind Menschen doch praktisch. Man muss sie nur richtig dressieren! Die Menschin jedoch nahm das glitzernde Etwas mit dem juckenden Gegenstand und trug beides mit angewidertem Gesicht fort. Sie kam mit einer Schnur zurück, die sie mir um den Hals legte (sie riecht nicht gut und sieht sicher sehr unattraktiv und unerotisch aus). Die Menschin jedoch war wieder ruhig und zufrieden und knackte mit ihrem Gebiss in den Apfel. Ich kuschelte mich wieder in meine Schmuseecke und beschloss trotz des seltsamen Halsschmucks wieder ein bisschen zu träumen. Schließlich sieht mich hier ja keine Katzendame.

18. April

chon immer wusste ich, Jeremias von Höhnsdorf, Träger des schönsten Pelzes der nördlichen Hemisphäre, dass Menschen seltsame Geschöpfe sind. Aber heute haben sie sich selbst übertroffen! Eigentlich hätte ich schon vor einigen Tagen gewarnt sein sollen – aber nein! Ich habe mich davon blenden lassen, als ich diesen deliziösen Fisch vorgesetzt bekam. Die letzten Tage haben sie wieder Sträucher in die Wohnung gestellt und seltsame bunte Figuren oder bunte Eier hineingehängt. Zuerst dachte ich, „sie wollen mir eine besondere Freude bereiten" und ich habe gebührend damit gespielt. Ich wollte mich sogar im Strauch verstecken. - Natürlich war das wieder falsch: Sie haben mich gepackt und rausgeschmissen. Wütend habe ich mir geschworen mir das nie wieder bieten zu lassen und ich habe mich ein paar Tage und Nächte von diesem ungastlichen Haus ferngehalten. Eines Morgens fand ich es jedoch angebracht, die Mitbewohner der Behausung wieder mit meiner Anwesenheit zu erfreuen – und wie ich es erahnte – die Herrin des Hauses kam mir schon entgegengelaufen und hatte eine Futterschüssel in der Hand. Soviel Aufmerksamkeit hatte ich nun wirklich nicht erwartet. Ich musste leise miauen, so gerührt war ich. Ich drängte mich an ihre Beine und schnurrte anerkennend. Sie setzte die Schüssel in einen Baum und ich kletterte schnell hinterher. – Aber was war das? Anstatt leckerer Fleischstückchen lagen da glänzende Gegenstände und Menschensüßigkeiten – brrrrrrrrrrrrrrr! Auch ein Pelztier mit langen Ohren saß darin – wohl ein Hase. Ich vergönne ihm diese Schüsselchen – wenn es wenigstens ihm schmeckt… Gerade wollte ich enttäuscht kehrt machen, als die Menschin mich entdeckte, mir gebührend Bewunderung zollte, mich begeistert in die Arme nahm und mich zärtlich streichelte. Zuhause bekam ich dann das leckerste Futternäpfchen seit langer Zeit und mir wurde gebührend Aufmerksamkeit geschenkt. Jetzt ist wieder alles in Ordnung. Was die Menschen mit diesem seltsamen Futternapf wollten, werde ich wohl nie verstehen.

24. April

Singen können diese Menschen überhaupt nicht! Wenn ich nur daran denke, wie sie zu Menschenfestivitäten oder frühmorgens (für Kater: zu nachtschlafender Zeit) ihre grässlichen Stimmen erheben... oder das schwarze viereckige Menschenrenntier wilde Disharmonien schreien lassen ... oder noch schlimmer: mit ihm zusammen kreischen... Nein, nein, meine Damen und Herren. Das einzige, was ich dabei konstatiere ist ein diskretes Schaudern. Jawohl! Sie sollten sich einmal ein Beispiel an uns nehmen! Wenn sie es miterleben dürften, welch zauberhaftes Galakonzert in lauen Frühlings- und Sommernächten von meiner Wenigkeit gegeben wird! Der Vollmond wirft sein vollkommenes Licht zwischen die Haselnusssträucher und ich stehe in seinem sanften Lichtschein. Das Fell glänzt überirdisch und meine Augen funkeln aufregend. Die Plätze sind restlos ausverkauft. Ich schließe konzentriert die Augen. Und dann erfülle ich die Luft mit dem zartesten Vibrato, das man sonst nur in wunderbaren Träumen erahnen kann. Die Menschen sagen immer dieser Caruso singt gut – pah - sie haben wohl einen etwas unpässlichen Geschmack und gänzlich unmusikalische Ohren. Heute Abend - beispielsweise – versammelte sich unser Gesangverein in meinem Revier, direkt unter der großen Korkenzieherhasel. Das Mondlicht kroch langsam hinter den Wolken hervor und streichelte mit seinem hellem Schein über unsere prächtigen Katzenpelze. Ein leiser sanfter Windhauch fuhr zärtlich durch die Blätter, die geheimnisvoll raschelten. Sanft und sinnlich setzte der warme weiche Katzenbass ein. Verträumt schloss ich die Augen und lauschte der wunderbar altvertrauten Melodie. Es war ein perfekter frischer Frühlingsabend. Herrliche Musik. Zarter Mondschein. Der erfrischende Duft der ersten Blüten. Ich atmete tief durch. Ganz tief in meinem Innersten fühlte ich eine vertraute, wohlige Wärme. So fühlt sich Geborgenheit an. Zuhause.

 Plötzlich klopfte ein seltsames Geräusch perturbierend und völlig aus dem vollkommenen Katzentakt an meine mit dem absoluten Katzengehör ausgestatteten, wohlgeformten Ohren. Ich muss wohl keine Zeit damit verlieren, meine Damen und Herren, um ihnen näher zu bringen, dass dieses impertinente Geräusch - das nicht nur hinterhältig meine singende Seele zum Verstummen brachte, sondern auch meine wohlschwingenden Trommelfelle erflattern lies – menschliche Stimmen verursachten. Enttäuscht und sehr verstimmt öffnete ich meine Augen. „Diese räudigen Kater. Sie sind wohl wieder rollig. Eine Zumutung. Das klingt ja grausam." schrieen die Menschen. „Immerhin ist es ja nett, dass sie uns mit Geschrei und Rufen Bewunderung zollen". dachte ich mir wieder ein klein wenig besänftigt. „Wenn auch musikalisch an einer völlig falschen Stelle." Unser ganzer Gesangverein war mittlerweile aus dem Takt gekommen. Der Gesang verstummt und wir Katzen äußerst verstimmt. Nach einer Weile sammelten wir uns wieder und begannen frischen Mutes ein neues Lied. Wir legten unsere ganze Emotion hinein, sangen uns wieder in unsere heile wohlige warme Welt. Plötzlich hörten wir ein unpässliches Menschenrumpeln, ein Fensterquietschen, ein Wasserplatschen – und erwachten eiskalt und plitschnass begossen aus unserem musikalischen Traum. Uns erfror der letzte Ton in der Kehle. Wie erstarrt saßen wir Sekundenbruchteile da, stoben kurz darauf erschreckt auseinander und verstanden die Welt nicht mehr. Diese Menschen. Manchmal sind ihre barbarischen Sitten kaum zu entschuldigen. Heute Abend jedenfalls nicht.

27. April

Endlich ist es wieder wärmer geworden und in meine Glieder strömen die herrlichen Sonnenstrahlen. Ich liege jetzt gerne auf der Veranda, lasse mein Fell vom Wind streicheln und tanke Energie für den Sommer. Behaglich schnurre ich dann vor mich hin und strecke meine geschmeidigen Gelenke der Sonne entgegen. Es riecht sehr lecker draußen – es gibt wieder knusperfrische Mäuse – und man kann sich langsam wieder herrlich in den Feldern verstecken und lauern. Von Tag zu Tag wird es spannender draußen!

Wie ich schon erwähnte, gibt es in meinem Revier sehr interessante Gebiete – und obwohl ich das Wasser zutiefst verabscheue, ist es in der Nähe desselben sehr aufregend. Heute beschloss ich hier mein Jagdglück zu versuchen. Ich pirschte mich vorsichtig heran und ließ mich mucksmäuschenstill im Schilfdickicht verschwinden. Über mir summten Millionen von Insekten – besonders eine dicke Libelle hatte es mir angetan. Sie schwebte verführerisch vor meiner Nase und tanzte aufreizend noch ein paar winzige Flügelschläge in der Luft, bevor sie sich schließlich auf einer Blume niederließ, die im Wasser wächst. (Bei dieser Gelegenheit möchte ich erwähnen, dass man diesen Gewächsen keinesfalls trauen darf. Man darf sich keines falls auf ihnen niederlassen, denn sie führen geradewegs ins Wasser! Außer man ist eine blau schillernde, verführerische Libelle.) Genau in dem Moment als sich die köstliche Libelle nieder ließ geschah etwas Seltsames: Die Sonne glitzerte auf dem Wasser in wunderbarem Glitzerstaub. Zum allerersten Mal in meinem

Leben liebte ich das Wasser und ich war sogar ein klein wenig stolz, schon mal in ihm gebadet zu haben. Verzaubert blickte ich auf die Wasseroberfläche – und dann kannte mein Entzücken überhaupt keine Grenzen mehr: In dem Wasser ringelten und schlängelten sich silbrige Fischlein, die nur darauf warteten in meinen zarten Rachen zu hüpfen. Diesem Angebot kann kein Höhnsdorf widerstehen. Bedächtig benetzte ich meine Pfote mit Wasser und fokussierte das leckerste, zarteste Fischlein, das ich je gesehen hatte mit meiner „Rute" und – hurra- das Fischlein zappelte dran! Fröhlich verspeiste ich den glänzenden Leckerbissen und ließ ihn mit Wonne durch meine Kehle gleiten. Ich angelte glücklich weiter, bis ich fand, ich hätte eine Ruhepause verdient. Genießerisch leckte ich mir noch einmal über die Lippen und rollte mich auf den sonnenwarmen Steinen der Veranda zusammen. O wie ist das Leben schön!

27. Mai

anchmal, meine Damen und Herren, sollte man seine Prinzipien trotz Jahrhundertealter Tradition kritisch überdenken. Vor allem Genusssucht und Völlerei scheinen mir jetzt – nach diesem heutigen Erlebnis - nicht immer das Maß aller Dinge zu sein. Aus meinem Schönheits-Morgenschlaf erwachte ich gerädert, missmutig und mit pochenden Kopfschmerzen. Ich beschloss, den Tag langsam anzugehen, um keine Migräne heraufzubeschwören. Augenblicklich klappte ich meine schweren Augenlider wieder zu. So döste ich verstimmt und wegen meiner Kopfschmerzen schwerstleidend vor mich hin – bis ich auf einmal von den großen Pranken des Hauptmenschen gepackt wurde – und mich zu meiner großen Verblüffung und Empörung vor der verschlossenen Behausung wieder fand. Nicht einmal mein drittes Frühstück hatte ich einnehmen können! Wütend rannte ich los - ohne nachdenken zu können, wohin - bis ich mich in einem anderen Revier mit einer Behausung die ich nicht kannte etwas verschnaufen wollte. Nahe der fremden Menschenbehausung stand ein Käfig mit vielen bunten Vögeln, die fröhlich zwitscherten und keckerten – und unter uns gesagt sehr lecker, äußerst schmackhaft und herrlich wohlgenährt aussahen. Ich pirschte mich durch das hohe Gras heran und sprang mit einem gewaltigen Satz auf den Käfig los. Aber der Käfig wackelte nicht einmal. Die Vögel tschilpten sich gegenseitig knarzend zu und stoben aufgeregt wie eine bunte Traube auf die oberen Käfigstangen. Oh diese köstlichen Vögel! Ich sprang also kurz entschlossen auf den Käfig. Meine Augen glühten vor Gier und das Wasser schwappte mir fast aus dem Mund, so sehr lief es mir im Mund zusammen. Gerade wollte ich mit meinen scharfen Krallen nach einem besonders dicken gelbgrünen Vogel angeln, als plötzlich eine noch dickere schnaufende Menschin aus der Behausung auftauchte. Sie fuchtelte wütend mit ihren schwabbeligen Armen, zog keuchend einen Schuh von ihren Laufpfoten und warf ihn erstaunlich geschickt nach mir. Aber noch viel geschickter duckte ich mich, glitt so schnell ich konnte vom Käfig, warf mich in die Blumenrabatte, schlüpfte durch die Büsche und trollte mich in ein anderes Revier. Dort musste ich erst einmal tief Luft schöpfen – denn ohne ein drittes Frühstück sind derartige Anstrengungen kaum zu ertragen! Mit jedem Atemzug nahm meine schlechte Laune wieder zu und ich trampelte hungrig und immer wütender weiter. Eine etwas kränklich aussehende Ratte kreuzte unvorsichtigerweise meinen Weg. Mit einem zornigen Tatzenhieb beförderte ich sie ins Jenseits – und holte endlich mein drittes Frühstück nach. Am Sonnenstand und an den Blüten bemerkte ich jedoch, dass bereits die Zeit für das erste Mittagsmahl längst überschritten war – und mein Groll wuchs. Mittlerweile war ich an einer weiteren Behausung angekommen.

Oh, was witterte ich denn da: Drei köstliche Futternäpfe liebevoll-geschmackvoll mit diversen Katzengourmetspeisen angerichtet und wie für mich bestellt! Ich war wegen der freundlichen Aufmerksamkeit meiner Person gegenüber gerührt und ließ mich nicht zweimal bitten. Schließlich hatte ich mir das nach den Strapazen des heutigen Tages redlich verdient! Gierig begann ich den ersten Napfinhalt herunter zu schlingen, ging schnell daran den zweiten zu leeren bis ich vor dem dritten und letzten stand und eigentlich nur mehr das weiche zarte Gelee aufschlabbern und sinnlich auf meinem Gaumen genießen mochte. Zufrieden und wohlig schnaufte ich noch einmal durch, blickte kurz auf – und sah in zwei erstaunte dunkelblaue Katzenaugen. Erschrocken prallte ich zurück. Ein schwarzer gepflegter aber mindestens ebenso untersetzter Kater saß schwer atmend neben dem verbliebenen köstlich gefüllten Futternapf und musterte mich beleidigt. Ich atmete erleichtert auf: Trotz meines prallgefüllten Magens würde er mich wegen seiner Körperfülle nicht so leicht fangen und verprügeln können - ich meine natürlich zum Duell fordern könnte. „Henry Wessex" maunzte er ungnädig, „Sir Henry Wessex."

Ich verdrehte innerlich die Augen. „Diese eingebildeten Britischen Kurzhaarkatzen!", schoss es mir durch den Kopf. Aber ich bin nun mal ein Gentleman und blickte ihn deshalb höflich und wohlwollend an.

„Woher nehmen sie das Recht sich von meiner wohl komponierten Speisenfolge zu nehmen." Seine vollen Backen wackelten aufgeregt. Ich musste unwillkürlich an das köstliche schwabbelige Gelee denken, aber ich riss mich zusammen.

„Jeremias von Höhnsdorf." Erwiderte ich so taktvoll und höflich ich nur konnte. „Es war mir nicht bewusst, dass Sie, Sir Henry Wessex, Besitzer dieser vollendeten Creationen sind." Vorsichtshalber ließ ich jedoch meine kraftvollen Muskeln deutlich an meinen Pranken spielen. Sie Henry wiegte seinen massigen Körper hin und her und kam wohl zu dem Schluss, heute keinen Sport mehr treiben zu wollen.

„So." machte er säuerlich. Er schnaufte noch einmal tief durch und schien dabei heftig zu überlegen, denn seine Augen quollen noch etwas mehr hervor und nahmen einen glasigen Ausdruck an. „Nun, da sie ein „von" sind und gute Speisen zu schätzen wissen, werde ich heute einmal darüber hinwegsehen. Dies ist ohnehin nur mein Mittagstisch. Als Dinner werde ich heute fangfrischen Wildlachs, Tatar mit Ei – alles Bio, versteht sich – und französische Gänseleber zu mir nehmen. " fuhr er etwas freundlicher fort. „Nun machen sie aber, dass sie fortkommen." Knurrte er, drehte mir sein fettes Hinterteil zu und wackelte mit hoch erhobenen Schwanz ins Haus. Mühevoll sprang er auf ein erhöhtes Plätzchen ächzte und schnaufte beeindruckend und starrte mich und vor allem die Futternäpfe indigniert und durchdringend an. Überrascht, erleichtert und sogar etwas belustigt schnaubte ich aus. Dann blickte ich noch einmal wehmütig auf den letzten leckeren verbliebenen Futternapf. Das Gelee glänzte appetitlich in der Sonne. Der dicke Kater würde es ohnehin nicht mehr fressen. Und selbst wenn... seiner Figur wäre das keinesfalls zuträglich... Also sprang ich beherzt zur Schüssel, schlabberte dreimal tief und genüsslich am Gelee – wie köstlich!!! - hörte im Inneren des Hauses einen wütenden Aufschrei, dann einen dumpfen Aufprall und wusste, dass jetzt keine Zeit mehr zum Nachdenken war. Ich schoss wie besessen aus dem Gourmetrevier und hörte schon sehr bald, wie der fette Gourmetkater keuchend die Verfolgung aufgeben musste. „Hurra, abgeschüttelt!", jubelte ich. Ausgelassen hüpfte ich durch das Gebüsch, wälzte mich ausgiebig auf dem Boden und döste ein wenig in der Sonne. Nach einer Weile trotte ich rundum zufrieden, herrlich satt gefressen und fröhlich schnurrend nach Hause. Ich überlegte, dass ich bereits einen herausragenden Vorsprung beim Fressen eingefahren hatte. Erstmals in meiner Laufbahn als Kater hatte ich es geschafft mein Fresssoll nicht nur zu erfüllen, sondern bereits um die Mittagszeit das Soll des darauf folgenden Tages bis zum dritten Frühstück zu decken! Aber, meine Damen und Herren, der Weg in mein Revier, also nach Hause zu meinen wohlgefüllten Futternäpfen, war lang und beschwerlich. Ein kleiner Bach versperrte mir den Weg - ein Menschenpfad ebenfalls und vor lauter Übermut hatte ich mich noch weiter von meiner Behausung entfernt. Ein kleiner frecher Gedanke begann in mir zu bohren und zu nagen und sehr bald ärgerte ich mich mit jedem Schritt noch mehr das letzte Schälchen nicht auch noch restlos vertilgt zu haben. Die Nahrungsaufnahme sollte man ausnahmslos und grundsätzlich exzessiv ausüben! „Außerdem hätte ich meinen enormen Fressvorsprung noch deutlicher ausbauen können", überlegte ich mir, ... „und am fetten Kater gemessen, habe ich noch einiges aufzuholen." Genau in diesem Moment war ich wieder zu dem Revier mit dem Vogelkäfig gelangt. Mein Stimmungsbarometer schnellte wieder in die Höhe. „Ein fetter saftiger Vogel statt ein paar saftige Schläge vom fetten Kater ist gar kein schlechter Tausch." Schmunzelte ich vergnügt. Ich lies mich also lautlos im hohen Gras versinken und schlich auf Samtpfoten weiter in Richtung Vögel. Die köstlichen Leckerbissen bemerkten rein gar nichts. Sie keckerten und zwitscherten fröhlich weiter. „Perfekt gemacht" schnurrte ich mir wohlwollend zu – schließlich muss man sich selbst auch mal ein aufmunterndes Wort gönnen – und arbeitete mich Millimeter um Millimeter vorwärts. Hinter dem nächsten Pfingstrosenbusch tauchte der Käfig auf – gleich würde ich in Sprungweite sein. Ich duckte mich noch einmal, scannte ein letztes Mal mit meinen Augen die Umgebung ab, witterte gleichzeitig intensiv mit all meinen Sinnen nach Störfaktoren aller Art und stellte meine Ohren auf äußerste Sensibilität. Sachte schob ich meine rechte Vorderpfote nach vorne zog behutsam die linke nach, reckte meinen Kopf in Richtung Käfig und drehte meine weit aufgerissenen Ohren in Angriffsposition. PIIIIIIIIIIIIIIIIIIIIIIIIIIIIIIIIIIIIIIIIIII IIIIIEEEEEEEEEEEEEEEEEEEEEEEEEEEEEP!!!

Ein infernalischer Schall, grausam, durchdringend, markerschütternd, Nerven zerfetzend und ohrenbetäubend riss mich zurück. Meine Ohren schmerzten und piepten, mein

Herz pochte rasend und mein Instinkt schrei aus jeder Pore „Flucht!" Wie von Sinnen jagte ich aus diesem ungastlichen Revier ohne einmal anzuhalten nach Hause, schlüpfte durch die glücklicherweise offen stehende Tür und versteckte mich auf meinem Ruheplätzchen. Aufgewühlt versuchte ich nachzuvollziehen, was eben geschehen war. Irgendetwas hatte mich in die Flucht geschlagen. Ein Tier oder Mensch war es jedenfalls nicht. Es kann nur ein künstliches Menschengetier gewesen sein, das die Vögel bewacht. Etwas anderes, grübelte ich, kann es wohl nicht sein. Ich fühlte mich elend, betrogen und sehr schmusebedürftig. Mit letzter Kraft schleppte ich mich zu meiner jetzt wohlgefüllten Futterschüssel, fraß sie aus lauter Kummer leer und beschloss heute im Ruheplätzchen der jüngeren Menschin zu nächtigen – wenn sie schon nicht da war. Ich rollte mich wieder etwas getröstet zusammen und fiel bald in einen unruhigen Schlaf. Kurze Zeit später erwachte ich mit einem scheußlichen Magengrummeln. Wenigstens kraulte mich jemand tröstend im Nacken. Die Menschin war zurück. Doch auch ihre Zauberhände – sonst bewährt bei allen Unpässlichkeiten – konnte meinen Magen nicht beruhigen. „Zuviel Tradition, Genusssucht und Völl"... mich würgte es. „Einfach zuviel Völl..." ich verdrehte die Augen vor Übelkeit. „Völlerei!" spie ich aus – und damit auch meinen gesamten Mageninhalt – exakt vor das verbotene Ruheplätzchen der Menschin. Ganz oben zuckten zwei Bandwürmer, die mir fröhlich zuzuwinken schienen. Wahrscheinlich stammten die aus dem Magen der Ratte...

Jetzt fühle ich mich jedenfalls besser. Besonders gut gefällt mir, dass die Menschin so besorgt um mich ist. Sie hat mich nicht einmal ausgeschimpft. Im Gegenteil – sie behandelt mich äußerst vorsichtig und will mich zum Tierarzt bringen. (Davon muss ich sie noch dringend abhalten.) Hoffentlich denkt sie später daran, mir eine köstliche Futterschüssel zu bereiten.

Nachtrag: J. v. H.s Lexikon

Manche Menschen haben besondere, geradezu übermenschliche Fähigkeiten: sie verstehen uns Katzen. Einfach so, ohne groß zu Schnurren. Für alle anderen, die uns lieben und nur noch ein wenig Katzenvokabeln lernen und wiederholen müssen, habe ich, Jeremias von Höhnsdorf höchstpersönlich, dieses wunderbare Brevier verfasst:

Abenteuer, amouröse
Was wäre das Leben ohne amouröse Abenteuer? Eine Nacht ohne Sterne, ein Frühling ohne Blumen, ein Gesangverein ohne Vollmond... Meine Damen und Herren – amouröse Abenteuer sind mein Jungbrunnen, mein Lebenselixier, mein Trost und mein Verlangen. Der Grund für romantische Sonnenuntergänge, für Poesie und Musik auf dieser Welt.

Berg, stinkender
Meist auf dem freien Platz vor Bauernhöfen zu finden. Stinkt widerwärtig zum Himmel und dampft ausdauernd. Ob dies die Menschen angenehm finden? Meine Menschen haben (noch) keinen derartigen Berg. Ich hoffe, sie nehmen davon auch Abstand. Sonst suche ich mir ein anderes Revier.

Bäume und Sträucher, innerhalb der Behausung
Natürlicherweise finde ich Bäume und Sträucher im Freien hervorragend aufgehoben. Manchmal überkommt die Menschen wohl ein Anflug von falsch gerichteter Fürsorge und

sie holen sie ganz oder Teile davon ins Haus. Um die Bäume und Sträucher besonders zu ehren oder um mich zu erfreuen hängen sie seltsames Spielzeug daran. Manchmal funkelt und glitzert es sogar. Sogar Menschensüßigkeiten habe ich schon entdeckt. Ein eigenartiger Menschenbrauch.

Fangzähne, schmierige
Der Gipfel der Ungepflegtheit. Ein Alptraum für jeden gut situierten und halbwegs gepflegten Kater – ein doppelter Alptraum für Beutetiere – ein eine Ohnmacht auslösender Schock für Katzen

Feuerchen, auf Stielen
Davon gibt es in Menschenhaushalten diverse. Manche züngeln fröhlich bis gesetzt auf winzigen Stielen vor sich hin und sind auf Menschensüßigkeiten (brrrr!) gesteckt.

Freund, alter
Schon jetzt: Verzeihung, meine Damen. Aber jeder sollte einen alten Freund haben. Einen, der einen so gut kennt, dass man einfach mit ihm befreundet sein muss. Weil er einen besser kennt als man sich selbst. Und, weil er an einen glaubt, wenn man es selbst gerade nicht kann. Manchmal macht er einen noch glücklicher als die eigene Nachkommenschaft, oft, als die eigene Familie und ja, meine lieben Damen, manchmal – bitte sehen sie es mir nach – ist er selbst wertvoller als - wie gesagt, verzeihen sie – sie.

Feuerchen, bunt mit Näpfchen
Harmlos und wohlriechend züngeln diese Feuerchen auf dem Menschentisch. Darüber steht ein großer Napf, auf dem ein großes Stück weißer Menschenzucker liegt auf dem wiederum

ein bläuliches Lichtlein tanzt und süß duftet. Immer wieder tropft davon etwas in den großen Napf und die Menschen brummen beifällig. Schließlich schöpfen sich die Menschen fleißig etwas von dem großen Napf in ihre kleinen Näpfe und schlürfen den Trunk. Sie werden sehr gelassen und entspannt, bekommen glänzende Augen und rote Wangen, kichern zufrieden und manche erheben ihre grässlichen Stimmen zu Menschengesängen. Sie knarzen und schnarchen anschließend laut und ausgiebig auf ihren Ruheplätzen. Wenn sie sich wieder erheben sprechen sie begeistert und ausgiebig von ihrer gelungenen Feuerzangenbowle. Ein etwas seltsamer aber stimmungsvoller und sehr gemütlicher Menschenbrauch.

Feuerchen, -Grill
Grillfeuerchen sind überflüssig, nutzlos und grässlich. Das schöne Fleisch so zu verderben... unschuldige Katzen mit wildem, unberechenbarem Funkenflug zu verwirren...unsäglich!

Feuerchen, große
Knistern in der kalten Jahreszeit im Kamin und spenden behagliche Wärme. Ich liebe sie – obwohl sie gefährlich sind. Ein kluger Gentleman schweigt, genießt und hält Abstand.

Flüssigkeit, klebrige, scharfe
Meist sind die Menschen vernünftig und trinken wie wir kultivierte Katzen und Kater Wasser. (Der jüngste menschliche Mitbewohner trinkt auch Milch – sehr lobenswert!).
An seltsamen Menschenritualtagen holen manche große Menschen jedoch manchmal Flaschen mit klebrigen, scharf riechenden Flüssigkeiten hervor. Sie riechen (manche stinken) geradezu gefährlich. Trinken die Menschen davon, bekommen sie glänzende Augen und werden immer unbeholfener, je mehr

sie davon trinken. Irgendwann werden sie dann noch seltsamer als sie ohnehin sind und beginnen laut zu schreien (oder wie sie sich ausdrücken „zu singen"), küssen plötzlich ahnungslos schlafende Gentlemen, legen sich auf den Fußboden und beginnen zu knarzen und zu schnarchen oder machen weitere völlig abstruse und unerwartete Dinge für Menschen. Ich glaube, dass das nur eine vorübergehende Reaktion auf die Flüssigkeit ist und die Menschen nicht ernstlich krank macht. Na ja, es ist natürlich eine Menschentradition, die wohl eine besondere Form der Genusssucht und Völlerei ist und verdient Respekt, wie es bei Traditionen einmal so ist. Vielleicht sollten die Menschen jedoch vorsichtshalber einmal einen Menschenrat einberufen, der dabei die Versorgungslage von Katzen und Katern festlegt: wer weiß - vielleicht vergessen sie ja vor lauter seltsamen Ritual einmal das Futternäpfchen aufzufüllen.

Fresssoll
Eine wichtige Lektion im Leben eines gut situierten Katers: das Einhalten des Fresssolls. Das Fresssoll ist für jede Katerrasse individuell festgelegt. In meinem Fall umfasst es: 3xFrühstück, ein üppiges Mittagessen, ein Fünf-Uhr-Fleisch, ein Nachtmahl, ein Mond- und Sterne- gourmet-Menü. Dazu kommen noch mindestens 3xLeckerbissen, Gelegenheitssnacks (Mäuse und Vögel), sowie diverse Überraschungsmahlzeiten.

Frühstück
Meiner Meinung nach die besten Mahlzeiten am Tag:
- das erste Frühstück dient dazu, die Geschmacksknospen wohlwollend auf den Tag einzustimmen
- das zweite Frühstück soll den Magen wach kitzeln
- das dritte Frühstück muss man besonders zelebrieren – erst am folgenden Tag wird man wieder frühstücken können...

Ich meditiere deshalb vor dem dritten Frühstück, um besonders viel Platz in meinem Magen zur Verfügung zu haben. Anschließend setze ich mich – völlig auf den Genuss des Speisens eingestellt – vor mein wohl komponiertes Futternäpfchen und stibitze mir die allergrößten Leckereien. Dann, meine Damen und Herren, halte ich - wann immer es möglich ist - ein kleines Gourmetschläfchen, um mich auf das Mittagessen einzustimmen.

Gefuchtel, unkoordiniertes
Dazu neigen leider (weibliche) Menschen. Wenn sie aufgeregt werden, werfen sie mit ihren Fingerspitzen geheimnisvolle, unsichtbare Signale in die Luft. Ich muss immer fassungslos und wie hypnotisiert auf ihre Fingerspitzen starren – und bin jedes Mal völlig schockiert. Ich sage ihnen dazu nur eines, meine Damen und Herren, meditieren sie lieber, meine Damen und Herren, fuchteln sie nie herum. Denken sie daran: in einer Katerseele hinterlässt dieses Gefuchtel tiefe Spurrillen.

Gentleman, ehrwürdiger
Sehen Sie mich an, meine Damen und Herren! Ich bin der Prototyp eines Gentlemans. Ein katerhafter Sean Connery. Vielleicht etwas altmodisch für manche Geschmäcker – dafür aber mit Stil, Scharm und endlosem Potential für amoureuse Abenteuer! Ich frage sie, meine Damen und Herren – was wäre das Leben ohne Stil – ohne Tradition, Genusssucht, Völlerei – ohne ein gepflegtes Äußeres – und ohne das Umgarnen und Verwöhnen von Damen. - Das Leben wäre kein Genuss, meine Damen und Herren!
Da ich das große Glück hatte, schon als kleiner Kater von weisen Mentoren gefördert worden zu sein, bin ich mittlerweile überzeugt, dass Bildung und Wissen einen Gentleman

überhaupt erst ausmachen. Ich gehe davon aus, meine Damen und Herren, dass ihnen bekannt ist, dass das brillanteste Wissen wertlos ist, wenn die Herzensbildung und das Mitgefühl bei einem Kater fehlen. Wer das nicht durchdringt, ist nicht wert, ein Kater zu sein.

Meine Damen mögen entschuldigen, dass ich mich mit der folgenden Passage nun kurz ausschließlich an die Herren wende… Meine Herren – ich kann Ihnen aus Erfahrung nur wärmstens empfehlen liebevoll und freundlich, ganz besonders aufmerksam mit Damen umzugehen. Es macht viel Freude, wenn sich die Damen geehrt fühlen, kostet wenig Anstrengung – und denken sie ich bin nur durch mein „magisches Fell" unangefochtener Schwarm bei den Pelzprämierungsfestivitäten? – Ganz zu schweigen von meiner zahlreichen Nachkommenschaft?
Da sie, meine menschlichen Herren, leider weder Schnurren können, über einen nicht erwähnenswerten Pelz verfügen und nur in seltenen Fällen über wunderbare Tasterpfoten verfügen, die sie auch geschickt einzusetzen wissen, empfehle ich ihnen wohldosiert und aus tiefstem Herzen mit ihren Augen zu leuchten. Bei entsprechender Begabung, können sie auch ihre Stimme erklingen lassen (auch an dieser Stelle muss ich anmerken, dass sich die meisten Menschen dabei leider hemmungslos überschätzen!!!). Wirkungsvoll ist auch, den Angebeteten ab und zu eine erlesene Beute zu Füßen zu legen (im Notfall eignen sich dafür wohl auch Menschenkräuter oder Blumen). Flunkern sie charmant. Zeigen sie ihre hemmungslose Leidenschaft, verlieren sie sich in Liebesschwüren, flüstern sie wilde erotische Gedichte in die weiblichen Ohren, bleiben sie dennoch zärtlich. Damen sind kostbare, zerbrechliche Wesen.

Geschrei, aufgeregtes
Menschen tendieren ganz allgemein dazu zu viel und zu aufgeregt zu schreien. Sie selbst empfinden das wohl gar nicht so laut. Sie nennen das „sich unterhalten". Wir Katzen empfinden das sehr wohl zu laut. Sie treffen nur dann eine moderate Tonlage, wenn sie mit kleinen Menschenjungen sprechen, oder uns Katzen gerade „ süß" oder „niedlich" finden. Menschen sollten viel, viel ruhiger werden. „Atme aus, atme ein und sprich erst dann, ruhig und klug wirkst du so dann." Uraltes Katzensprichwort.
Ein Sonderfall des menschlichen Geschreis beruht auf einem großen Irrtum. Die Menschen, drücken wir es einmal äußerst vorsichtig aus meine Damen und Herren, tendieren dazu sich zu überschätzen. So empfinden sie es zauberhaft, wenn sie ihre grässlichen Stimmen erheben und „singen". Ich sage ihnen aus jahrelanger Erfahrung, meine Damen und Herren, Gesang ist das nicht. Besuchen sie das Frühjahrskonzert unseres Gesangvereins – da *erleben* sie wahre Musik.

Geruchsfahne
Leider meist übel riechend. Kündigt Menschen, Tiere oder Ereignisse unmissverständlich an – lange bevor sie für die Augen sichtbar werden.

Gewitter
Naturschauspiel, das selbst ehrwürdige Gentlemen mit stählernen Nerven zu zitternden Mäuseschwänzchen verwandelt. Ich als Kater von Welt kann Ihnen nur sagen, dass ich nicht genau weiß, was ich unpässlicher empfinde:
- die schreckliche Unruhe davor (man fühlt sich, als ob man Ameisen im Fell und Bandwürmer im Magen hat) oder
- das gruselige Grollen (der Gipfel…) mit den grellen Blitzen (…des Grauens)

Dafür, meine Damen und Herren, finde ich nun wirklich keine Worte. Ich sag nur: Mauseschwänzchen!

P.S.: Eine alte Katzenweisheit besagt, dass man gegen jede Gefahr immun ist, wenn man nur kräftig die Augen schließt. Sie wissen, wie ich zu Tradition und altehrwürdigem Wissen stehe. – Und ich befolge auch diesen Ratschlag.. In diesem Fall wage ich jedoch leichte Zweifel anzumelden. Dieses Grollen ist einfach zu unergründlich, heimtückisch und hinterhältig!

Gewöll
Das Smalltalkthema Nummer 1 unter uns Katzen: Wie pflegt man sein Langhaarfell, um sein Gewöll zu minimieren und lustvoll hervorzuwürgen? – Sie verstehen schon: Tausend Katzen – tausend Meinungen. Ich finde, Ferdinands Familie meistert dieses Problem sehr geschickt und angenehm. Aber sie haben ja sicherlich ihre eigene Methode.

Gourmetschlaf
Sie sind müde, ausgepowert und etwas missmutig? Nun stellen sie sich ein wolkenweiches Kissen vor. Einen warmen, köstlichen Duft der ihre Nase umschmeichelt, ein knackendes Kaminfeuer und eine wunderschöne Melodie die ihre Ohren entspannen – und das liebste Wesen, das sie kennen ist an sie geschmiegt. Jetzt schließen sie die Augen, träumen sie los – und das so lange sie wollen. Das wird ein Gourmetschlaf par excellence, meine Damen und Herren!

Grill
Unnütze Menschen-Speisenzubereitungsstelle im Freien. Jedes Kätzchen weiß doch: „Zuviel Kräuter und gekocht, tagelang im Magen pocht!" Wenn die Menschen darauf hören würden, würde sich das gefährlich knisternde Feuerchen auch so erüb-

rigen. Aber die Menschen sind dickköpfig. Sie werden eines Tages schon sehen, was sie davon haben...

Hemisphäre, nördliche
Ja, ich habe es befürchtet. Eines Tages würden sie es wissen wollen, warum ich nur von der nördlichen Hemisphäre spreche. Nun, da muss ich weiter ausholen: Ich hatte einen sehr weisen Lehrmeister. Ein edler Kater. Uralt und ein Gentleman von den Tasthaaren bis zur Kralle, wie es wohl nicht mehr viele geben wird. Dem stellte ich unbefangen und wissbegierig eines Tages die gleiche Frage. Er zuckte zusammen, legte die Stirn in Falten und kräuselte die Schnurrbarthaare. Lange Zeit starrte er regungslos in den Winternachthimmel und das unergründliche Funkeln der Sterne. Dann seufzte er tief. Er sah mich kurz und durchdringend an und sagte knapp:"Buch der Rituale, Kapitel „Die Nacht und ihre Geheimnisse", Absatz 8 Paragraf 743. Damit drehte er sich um und sprach wochenlang kein Wort mehr. Das veränderte mein Leben.
..am besten, sie fragen bei den Katzen der südlichen Hemisphäre nach...

Höhnsdorf, Jeremias, von; Anmerkungen
Ausnahmsweise ergreife nun ich, Kattis Rydberg, das Wort. Aber nur, um ihnen zu versichern, dass mein Freund und Kater Jeremias sich monatelang den Kopf zerbrochen hat, was und wie er ihnen alles erklären könnte. Er hat nun zusammengestellt, was ihm besonders am Herzen liegt und was er für Kater essentiell erachtet. Sollten sie dennoch Fragen haben – Jeremias wird sie ihnen gerne beantworten. Allerdings ersucht er sie, meine Damen und Herren, nicht auf eine zu schnelle Antwort zu hoffen. Ein Kater von Welt handelt stets langsam, wohlüberlegt und ausgeschlafen – selbstredend mit einem angenehm gefüll-

ten Bauch. Uraltes Katerritual! jeremias@von-hoehnsdorf.de. Außerdem hat er sich tatsächlich daran gehalten ausgedehnte Streifzüge zu unternehmen und meine Finger nicht zu fangen, während ich tippe: deswegen hat er jetzt sogar eine eigene Homepage - zu erreichen unter www.von-hoehnsdorf.de

Jagdgründe, ewige
Jeder springt einmal dorthin, meine Damen und Herren. Ein etwas mysteriöser, aber durchaus viel versprechender Ort. Es soll dort warm und friedlich sein, gut duften, herrliche Gourmetspeisen geben und keine Rivalenkater, keine Menschenrenntiere und nur friedliche Insekten. Katzen und Kater, die bereits dorthin gesprungen sind und die man ins Herz geschlossen hat, sollen – so heißt es in der uralten Katerlehre – freudig auf den Neuankömmling, warten. Aus den ewigen Jagdgründen kann man nicht mehr zurückspringen. Nachdem sie ewig andauern, bleibe ich noch eine Weile hier, habe ich beschlossen.

Jagen
Meiner Meinung nach der beste und edelste Zeitvertreib für Kater – und insbesondere für Gentlemen. Ach, was sag ´ich da: Für mich ist Jagen nicht nur ein schnöder Zeitvertreib – es ist der Ausdruck höchster Katzenkultur, eine ständige Herausforderung – das kontinuierliche Streben nach absoluter Perfektion. Die edelste Art für sein Überleben zu sorgen. Haben Sie schon einmal gejagt? Eine Maus erlegt? – Na, dann wissen Sie ja worüber ich rede. Wenn nicht, tun sie es! – Hinterher werden Sie fühlen, wie ein echter Kater.
Nun ja, passives Jagen hat auch seinen Reiz. Vorausgesetzt man verpasst die Verteilung nicht (eine der seltsamsten und fehlerhaftesten Menschenrituale). An dieser Stelle möchte ich noch einmal herausstellen: man jagt, um sofort alles zu fressen.

Außer man jagt für Damen, um Ihnen Ihre Aufwartung zu machen. Aber auch hier gilt: unversehrt, ungeteilt, frisch und sofort servieren. Das Beste ist gerade gut genug.

Lachsfresser
Eine der übelsten Verleumdungen in der Katerwelt. Sie soll andeuten, dass man als Kater derart degeneriert ist, dass man nicht einmal mehr weiß, wie man seine Nahrung fangen kann, sondern sich alles willenlos von den Menschen vorsetzen lässt. Katzen beschimpfen sich übrigens ebenso wie wohlerzogene Kater grundsätzlich nicht.

Kampfposition
Auch hier schreiben uralte Rituale ganz genau die Verhaltensregeln für den Kampf vor: wo, wer, wie, wann zu stehen hat, wie lange man bis zum Angriff verweilen muss und wie gefaucht werden darf/muss. Abhängig ist dies von der Anzahl der Kämpfer, dem Anlass, dem Sternen- bzw. dem Sonnenstand und dem Grad der Mückenumschwärmung (= wie viele Mücken tanzen über den Köpfen der Kämpfenden).

Katertag
Ich, Jeremias von Höhnsdorf zelebriere willkürlich Katertage. Ich lege sie nach meinem Gusto fest und markiere damit für mich besonders denkwürdige Anlässe, die Menschen nicht immer nachvollziehen können. Es gibt in einem Menschenjahr unglaublich viele Katertage, die von den Prinzipien Genusssucht, Tradition und Völlerei geprägt sind. Oft fallen diese Tage mit Pelzprämierungsfestivitäten zusammen. Da ich aufgrund meiner hohen Geburt und meinem - selbst bei neutraler Betrachtung - galaktisch phänomenalem Pelz gepaart mit meiner wunderbaren Augenfarbe im Winter immer gewinne, mache ich darauf häufig Anspielungen.

Katerlieb
Es gibt leider kein entsprechendes Wort in der Menschensprache. Ich denke aber, liebe menschliche Damen und Herren, sie können sich ungefähr vorstellen, was wir damit meinen.

Katerwürdig
Es gibt nicht viele katerwürdige Dinge - wie sie sich vielleicht schon denken können. Leider gibt es in der menschlichen Sprache auch kein Pendant zu „katerwürdig". Nahe kommen dem Ausdruck Begriffe wie „überirdisch", „übernatürlich", „absolut perfekt". Wahrscheinlich (nehmen sie es mir aber bitte nicht übel) können sie als Mensch diesen Begriff aber einfach nicht begreifen.

Katzenbass
Tiefe. Eine weiche samtene Umarmung. Eine zärtliche Berührung. Erotik. Verführung. Pure akustische Liebe.

Katzenhaft
Geschmeidiges, sehr ästhetisches Verhalten wie es nur begehrenswerte Katzendamen im Mondschein vermögen.

Katzengöttin
Bewundernder Ausdruck für anbetungswürdige Katzen.

Katzenewigkeit
Selbst Sie als Menschen, meine Damen und Herren, haben sicherlich eine leise Ahnung, was „Katzenewigkeit" bedeutet: in dieser Zeitspanne wäre es möglich 387,4 Futterschüsseln zu gourmieren, eine Katze zu verführen, acht Menschen zu dressieren und eine Pelzprämierungsfestivität für sich zu entscheiden.

Katzenintelligenz
Meine menschlichen Damen und Herren - nicht dass ich in irgendeiner Art und Weise überheblich erscheine oder mich unpassend ausdrücke: Ich schätze sie alle sehr. Allerdings muss ich ihnen nun verdeutlichen, dass die menschliche und die Katzenintelligenz allenfalls größere Schnittmengen aufweisen. Somit sind sie nicht identisch. Ich bin jedoch überzeugt, dass wir uns perfekt ergänzen – und auch viel voneinander lernen können.

Katzenwäscher
Geringschätziger nahezu unflätiger Kraftausdruck. Wird häufig von räudigen und sehr ungepflegten streunenden Katern gebraucht. Dabei hat ein gepflegtes Äußeres für alle halbwegs kultivierten Kater oberste Priorität: ein uraltes Ritual fordert uns Katzen unmissverständlich auf, sich mehrmals täglich gründlich zu reinigen.

Kräuter
Meine absoluten Lieblingskräuter sind Empfehlungen meines treuen Freundes Ferdinand. Früher habe ich Kräuter aus Überzeugung abgelehnt. Pur liebe ich sie. Sie halten fit und machen fröhlich. Die Menschen mixen sehr viele Kräuter in ihre Speisen. Sehr oft übergießen sie Kräuter mit Wasser und schlürfen das Gebräu. Als ich einmal leidend war, hat mir die Hauptfuttermenschin auch einmal ein derartiges Getränk kredenzt. Nach seinem Genuss fühlte ich mich gleich bedeutend besser. Manchmal begrüßen sich die Menschen auch mit Kräuterbüscheln und Blumen. Diese fressen sie - soweit ich beobachten konnte - allerdings nicht.

An dieser Stelle möchte ich noch einmal betonen: AUF SPEISEN HABEN KRÄUTER GRUNDSÄTZLICH NICHTS VERLOREN!!! (s. Grill)

Kugelfrucht
siehe Menschengemüse

Lichtlein, lustig tanzendes
Lustig tanzende, sprühende Lichtlein bis Feuerchen im Freien nehmen ein schlimmes Ende! Bald folgt auf den Spaß ein böser infernalischer Schall! Ob sich die Menschen dies ausgedacht haben, um ehrwürdige Gentlemen und andere liebenswürdige Tiere zu erschrecken? Oder gar um einen Anschlag auf sie zu verüben? Ist es ein seltsames Winter-Menschenritual, das nur Menschen verstehen? Egal was es ist, meine Damen und Herren, machen sie einen großen Bogen um dieses Teufelszeug! Gottlob gibt es diese Feuerchen vorwiegend in der kalten Jahreszeit. Ferdinand und ich – und mit uns sämtliche Kater, Katzen und Artverwandte haben mittlerweile ein Warnsystem eingerichtet. Wie schon oben angesprochen: Welchen Nutzen die Menschen aus diesen Feuerchen ziehen, ist uns unbekannt. Manchmal sind sie einfach unergründlich, diese Menschen.

Meditieren
Egal ob sie Katze, Kater oder Mensch sind: eine der Wahrheiten, die zum wahrhaftem Glück führen liegt darin, im Gleichgewicht mit sich zu sein. Eins mit sich selbst zu sein. In sich zu ruhen. Deswegen meditiere ich: Vor Gartenteichen mit silbrigen Fischlein, vor Futternäpfen und aufwändig dekorierten und gut gefüllten Fleischtellern.

Menschen, große
Meine Damen und Herren! In meinen Studien über Menschen im Allgemeinen und Besonderen habe ich herausgefunden, dass es so verschiedenartige große Menschen gibt, wie unterschiedliche Katzen- und Katercharaktere vorkommen. In meinen Aufzeichnungen habe ich einige menschliche Eigenheiten festgehalten, die dies unterstreichen. Um aber ganz offen und ehrlich zu sein: mit den Menschen in meiner Behausung bin ich eigentlich sehr zufrieden. Da zeigt es sich wieder einmal deutlich: konsequentes Dressieren zahlt sich aus!

Menschen, Hauptfutter-
Gut dressierte Menschen, die sich auf die Zubereitung von Speisen spezialisiert haben, um uns Kater zu verwöhnen.

Menschen, kleine
Ich J. v. H., habe zugegebenermaßen erst einen ganz kleinen Menschen getroffen. Der kleine Mensch war selbst durch Kateraugen besonders niedlich anzusehen, hatte eine annehmbare Größe und verfügte über eine enorme Kraft, die ich nicht vermutet hätte. Sehr positiv ist mir seine zuvorkommende Art rund um das Speisen aufgefallen. Allerdings muss der kleine Mensch – und ich wage das als Menschenexperte zu verallgemeinern und für alle kleine Menschen zu sprechen – noch gründlich von mir unterrichtet werden.

Mensch, praktischer, mit angenehmen Tasterpfoten
Ich weiß nicht, ob der Mensch, den sie Doktor nennen, ein Verbündeter der Menschenrenntiere ist (im tiefsten Innern bezweifle ich dies), denn nur mit dem Menschenrenntier scheint man zu ihm gelangen zu können. Das ist aber sein einziger Fehler. Er ist ein begnadeter Katzenversteher (das ist ein Kompliment!).

Menschen, unsichtbare, Krach machende
Befinden sich entweder in Menschenrenntieren oder in viereckigen Menschentieren mit Blinkaugen. Schreien laut, rücksichtslos und quälen die Trommelfelle sämtlicher Kreaturen. Wie, wohin oder woher sich die Menschen in diesen Etablissements verbergen können, ist mir rätselhaft. Die Menschen sind sich wohl selbst uneins, wie sie die Herbergen für die unsichtbaren Menschen, die Krach machen bezeichnen sollen: CD-Player, Radio oder Blue-Ray. Das ist selbst mir zu hoch. Ich möchte nur anmerken, dass Krach machende Menschen wahrscheinlich nur durch menschliche Ohren dekodiert werden können. Stellen sie sich vor, meine Damen und Herren, sie nennen das Musik! Mein perfekt ausgestattetes Gehör lehnt derartige obskure Geräusche jedenfalls entschieden ab! – Dabei ist es durchaus möglich, den viereckigen Menschentieren wundervolle Töne zu entlocken. Ich liebe diese ruhige katerhafte Menschenmusik.

Menschengemüse
Einige von ihnen, meine Damen und Herren sind irrtümlicher Weise davon besessen, dass Gemüse wohlschmeckend und gesund ist. Meine Damen und Herren, sehen sie mich an: an meinen Gaumen lasse ich nur Fleisch und Fisch - ich bin in der Katerwelt der nördlichen Hemisphäre ein gefeierter Star, ein gefragter Interviewpartner für Pelzpflege und Ernährung...

Na ja, eine Ausnahme gibt es beim Menschengemüse doch: die legendäre Kugelfrucht. Beißen sie kräftig in das saftig süße rote Fruchtfleisch (Fleisch – da haben wir`s!) – und sie werden wissen was ich meine...

Menschengetier, künstliches
Das zweitschrecklichste Menschengetier (nach dem Menschenrenntier) ist ein optisch unscheinbarer Kasten. Akustisch ist er

jedoch infernalisch: dieses rücksichtslose, hinterhältige schrill piepsende Tier greift akustisch so grausam an, das man fortan freiwillig einen großen Bogen um seinen letzten Aufenthaltsort macht. Es ist dafür gemacht, ehrenwerte Gentlemen und andere Jäger von wohlschmeckenden Tieren fernzuhalten. Warum die Menschen dieses böse Tier pflegen? – Fragen sie mich etwas Logisches!

Menschengetränk
Oh, wie ich dieses Getränk verabscheue. Es gibt nur zwei wahre Getränke: Wasser und allenfalls Milch, am liebsten verdünnt. Egal ob gerührt oder geschüttelt. Aber zurück zu diesem Menschengetränk: Es stinkt und macht Menschen, die – was ja nichts Verwerfliches ist – dem exzessiven Genuss frönen noch ungeschickter, lauter, hemmungsloser und ja, ich würde fast sagen noch dümmer – verzeihen sie meine Damen und Herren, als sie ohnehin schon sind. Selbst meine Menschen trinken ab und zu ein – wie sie es nennen – Bier. Allerdings haben meine Menschen ja von Völlerei und Genusssucht leider keine Ahnung. In diesem Fall ist es in der Tat ein großes Glück.

Menschenkost
Für Kater manchmal mehr als gewöhnungsbedürftig (zu viel gräuliches Gemüse oder Süßes). Wenn sie allerdings für mich persönlich Speisen zubereiten, kreieren sie wahrhaft kulinarische Hochgenüsse: Grillplatten (bevor sie mit Feuer in Berührung kommen), Futternapffüllungen jeglicher Art oder Überraschungsleckerbissen für zwischendurch.

Menschenpfad
Wie das Menschentier beanspruchen die Menschen auch eigene Pfade. Allerdings sind sie nicht so groß. Dort, wo ich lebe, sind sie auch nicht immer künstlich erhärtet („geteert" sagen die

Menschen). Ein Paradebeispiel, wie überheblich Menschen sein können. Na ja, sie bilden sich schon sehr viel ein, wenn sie eigene Pfade beanspruchen, finden sie nicht, meine Damen und Herren? Von besonders großem um nicht zu sagen übersteigertem Selbstwertgefühl zeugt es, sie auch noch derart unästhetisch zu markieren. Als Gentleman schweige ich lieber und denke mir meinen Teil...

Menschenrenntier
Meine geschätzten menschlichen Damen und Herren! Was haben sie sich nur d a b e i gedacht!? Solche unaussprechlichen Tiere bei sich aufzunehmen! Sie in menschlicher Sprache liebevoll „Auto" zu nennen. Sie sind doch sonst einigermaßen vernünftig!
Dieses Tier ist ein aufgeblasenes, überkandideltes, egozentrisches völlig von sich eingenommenes Individuum. Es beherbergt unsichtbare, unvernünftige Menschen, die Krach machen. Und sie, meine Damen und Herren, streicheln dieses Tier. Loben es, beschäftigen sich mit ihm – obwohl es die Luft verpestet! Obwohl es eigene Rennpfade für sich fordert, die unsere samtenen Tasterpfoten ärgern, verletzen und das köstlich duftende Gras vertreiben. Obwohl es die Mäuse in die Flucht schlägt und wütend mit seinen Augen funkelt. Und diese Menschenrenntiere sind gefährlich: sie brüllen. Sie fordern, dass sich Kater in Körben verbergen. Sie rennen, dass einem ehrwürdigen Gentleman Hören und Sehen vergeht. Sie bringen Gentlemen an seltsame Orte. Sie reißen Katzen und Kater. Ich verachte sie. Abgrundtief. Für immer.

Menschentier, den Boden schleckendes
Eines der hässlichsten und - unter uns gesagt – unhygienischsten Menschentiere. Es schleckt genüsslich den Boden ab und brüllt

dabei vor lauter Wohlbefinden und Völlerei aus vollem Hals. (Wer weiß, ob es nicht auch an einem ehrwürdigem Gentleman Geschmack findet?!) Wenigstens bewegt es sich nur äußerst selten aus der Behausung. Weil es so reizbar ist, halten die Menschen das Tier immer fest an der Leine. Allerdings haben die Menschen dieses Tier äußerst gut dressiert, das muss ich hochachtungsvoll anerkennen. Sie können es sogar hypnotisieren. Dann ist es völlig ruhig, reglos und absolut harmlos. Es lässt sich dann selbst aufrecht in die Ecke stellen, ohne, dass es sich muckst. Ich würde es nicht wagen, das schreckliche Tier in seiner Hypnose zu stören. Die Dressurkünste der Menschen in allen Ehren: Vorsicht ist die Mutter der Weisheit!

Menschentier, mähendes
Wird für die Ernte von Menschengemüse o. ä. eingesetzt. Bei dieser Spezies handelt es sich um ein besonders hässliches und unmelodisch dafür aber besonders laut brüllendes Menschentier. Nachts hat es strahlende Augen, die alles taghell beleuchten. Unattraktiv anzusehen, jedoch mit sehr positiven Auswirkungen für meine Jagd. Ein Mähdrescher eben.

Menschentier, schwarzes, viereckiges
Eigentlich das einzige Menschentier, das ich wirklich gerne mag. Meistens singt es wunderbare Töne und ich lausche ihm andächtig. Gerührt und hingebungsvoll verbringe ich ganze Tage in seiner Nähe. Nur der jüngste menschliche Mitbewohner verärgert es regelmäßig – ja er quält es geradezu, denn in seiner Anwesenheit muss es schrecklich schreien und wehklagen. Oder singt es etwa eine Spezialmusik für junge Menschen. Das arme Radio-Tier!

Menschenfestivitäten
Leider zeichnen sich Menschenfestivitäten vor allem durch eines aus: Lärm. Dies kann sich in Schreien (für Menschen: Singen), Menschenrumpeln oder im Quälen des viereckigen schwarzen Menschentiers oder in einer beliebigen Kombination der bisher aufgezählten Möglichkeiten äußern. Manche Menschen pressen ihre Münder an die Gesichter anderer Menschen oder legen ihre Pranken um andere Menschen. Ob das der Beginn eines Rivalenkampfs ist, habe ich nie abgewartet. Meist ziehe ich mich bereits zurück, wenn das Papierraschelritual stattgefunden hat oder die Menschensüßigkeit hervorgeholt wird (immerhin etwas Genusssucht und Völlerei!). Ich fürchte für diese Art der Festivitäten fehlen mir etliche menschliche Gene, um daran Gefallen zu finden.

Menschenkater
Kultivierte Kater nehmen Beleidigungen dieser Art nicht in den Mund. Sie unterstellt ein verweichlichtes katerfernes Leben und das Verhalten von Menschen.

Menschenrumpeln
Geräusche, die Menschen in ihrem natürlichen Lebensraum von sich geben.

Menschensüßigkeit
Feiern die Menschen ein großes bedeutsames Fest, bereiten sie eine große Menschensüßigkeit die sie „Torte" oder so ähnlich nennen zu. Nun ja, da auch diese Spezialität fleischlos ist und sogar süß schmeckt, verzeichne ich dieses kulinarische Etwas unter „menschliche Geschmacksverirrung."

Papierraschelritual
Eines meiner allerliebsten menschlichen Rituale. Die Menschen bekommen ein verschnürtes Paket, reißen es auf und werfen das Papier hinter sich. Ich versuche es dann zu fangen, werfe es selbst hoch in die Luft und raschle damit herum, bis es zerfetzt ist und es die Menschen verstauen. Am ausgeprägtesten feiern die Menschen das Ritual, wenn plötzlich ein Baum in der Wohnung wächst.

Papierwürmer, stinkende
Menschenritual hin oder her: ich mag diese Würmer nicht. Und schon gar nicht in meinem Revier, geschweige denn in meiner Futterschüssel. Vielleicht gibt es ja einen Vogel, dem diese Würmer schmecken. (Ich würde als Gentleman auch abwarten bis er alle Würmer verspeist hat und ihn erst dann jagen und erlegen.)
Die Menschen zünden diese Würmer übrigens mit kleinen Feuerchen an und lassen sie dann ordentlich stinken. Wenn sie sie fast aufgefressen haben, werfen sie sie zu Boden. Dann qualmen sie entweder weiter oder sie stinken einfach nur und werden von den Menschen zertreten. Einfach barbarisch, diese Menschen.

Pelzprämierungsfestivität
Ja, meine Damen und Herren. Für dieses Fest lebe ich das ganze Jahr. Das ist das Ziel (fast) all meiner Bestrebung – und dort sahne ich ab, brilliere, glänze und stelle alle in den Schatten. Ich bin der unbestrittene Champion, seit ich in meinem ersten Lebensjahr den amtierenden Kater Knut Gustav von Schweden, eine edle Waldkatze, verdrängt habe! Ich bin der einzig wahre Träger des Pelzes der nördlichen Hemisphäre. Über Details dieser Festivität ist es mir leider verboten zu sprechen. Uraltes

Ritual. Noch älteres Katzengesetz. Aber ganz offen: der Umfang dieses Buches wäre sonst etwa 300 Seiten umfangreicher...

Prachtpelz
Das fragen sie noch, meine Damen und Herren!!! Machen sie bitte ihre Augen auf und sehen sie mich an: den einzig wahren Träger des Pelzes der nördlichen Hemisphäre.

Rationieren
Ein Fehler, ein großer Fehler, ein fataler Fehler! Rationieren sie niemals, meine Damen und Herren! Rufen sie sich die Grundpfeiler eines Gentlemans ins Gedächtnis: Tradition, Genusssucht, Völlerei... Rationieren schwächt die Gourmetsinne, macht das Fell stumpf und – denken sie daran: ein deliziöses Mahl ist die Grundlage für eine perfekte Liebesnacht... da schnaube ich nur verächtlich: Rationieren, pah!

Regen, in der Behausung
Ein Paradebeispiel für die Inkonsequenz der Menschen: da bauen sie eine solide, annehmbare, warme und windgeschützte Behausung – und dann DAS! Sie holen sich doch tatsächlich den Regen ins Haus! Wenn man an einem bestimmten silbernen Rad dreht, das sich über einer Kuhle befindet, gießt es in Strömen. Gottlob nur an wenigen Stellen im Haus und nur in zwei Räumen (soweit ich weiß). Diese Räume betrete ich für meinen Teil nur dann, wenn die Menschen außer Haus sind. Dann kann sich dieses teuflische Rad nicht aktivieren – und der Regen bleibt da, wo er hingehört!

Revier
Wie die Britischen Kurzhaarkatzen zu sagen pflegen: „My home is my castle". Ein großes Revier ist wundervoll – der Ausdruck

großer Macht und Stärke, bedeutet aber viel Arbeit (Verteidigung) und Kraft (Verteidigung und amoureuse Abenteuer). Eines der wichtigsten Aufgaben eines Katers ist es, das Revier zu markieren, zu verteidigen (ggf. auch die dazugehörigen Menschen) und Passierende durch das Revier zu kontrollieren (After und Nase). Bestände des Gartenteiches gelegentlich zu vertilgen und alle Mäuse und jegliches Ungeziefer wenigstens fernzuhalten.

Ritual
Essentiell für Kater. Rituale geben uns Halt und Kraft und müssen ausnahmslos befolgt werden. Uraltes Katergesetz. Sonst wären wir keine Kater...

Rivale
Ein Kater, der einem das Revier, den Futternapf oder auch die Angebetete streitig machen will. Die Begegnung und Kämpfe mit Rivalen sind manchmal unangenehm aber unausweichlich. Sie laufen nach uralten Ritualen und unverrückbaren Katergesetzen ab – da gibt es nichts daran zu rütteln. Es gehört zum Leben eines erwachsenen Katers wie die Milch zu Katzenkindern. Hat man einen Rivalen austricksen und besiegen können, ist es einfach wundervoll.

Rollig
Ein prickelnd erhabenes Gefühl. Ich hoffe für sie, sie haben, hatten oder werden noch viele rollige Momente erleben. Ohne Katzendamen wäre das Leben nur halb so schnuckelig. Immer wenn ich wild auf Katzen bin, spüre ich geradezu, dass ich jung, erotisch und kraftvoll bin... dass das Leben durch meine Adern pulst... und der Strom des Lebens weiterströmt.

Ruheplätzchen
In der Ruhe liegt die Kraft, meine Damen und Herren. Sollten sie nicht darin geübt sein, jederzeit genüsslich abzuschalten und sich auszuruhen, dann suchen sie sich ein besonders schönes Plätzchen aus, an dem sie zur Ruhe kommen können. Ich habe mehrere Ruheplätzchen. Sie liegen im ganzen Revier verteilt, damit ich mich je nach Stimmung, Magenfüllstand und Jahreszeit optimal entspannen kann (wie sie meinen Memoiren nur unschwer entnehmen können).

Ruheplätzchen, erhöhtes
Im Sommer mein Lieblingsplätzchen. Kühl, erfrischend und ergonomisch perfekt auf mich angepasst. Nur selten werde ich dort gestört. Der jüngste Mitbewohner ist sehr froh, dass ich dort liege, denn er reinigt seine Hände nur ungern am Wassergestänge, das über dem Ruheplätzchen befestigt ist.

Rydberg, Kattis
Brauchbare Menschin mit angenehmen Tasterpfoten. Hilft mir beim Niederschreiben meiner Memoiren (ich berühre doch keine Computertasten!!!). Schläft zu wenig und durchpflügt mein Revier mit ihrem blitzenden Menschenumgrabeinstrument, um Menschengemüse zu kultivieren. Besitzerin des klugen Apfelbaums. Sie hat ihn tatsächlich dressiert, faule Äpfel auf Eindringlinge abzuwerfen.

Schlaf
Oh, wie ich den Schlaf liebe! Wie ich ihn genieße, wie ich ihn ersehne, gourmiere! Ich bedaure es zwar, während des Schlafens nicht real Leckerbissen gourmieren zu können – aber das ist eigentlich das Einzige, was am Schlaf nicht absolut katerhaft ist. Der Schlaf, insbesondere der Gourmetschlaf (ein absolut

traumhafter, genussvoller Schlaf) ist meine Rekreation, mein Zufluchtsort, mein Genussstempel! Im Schlaf bin ich (noch!) mächtiger, klüger, gewitzter, gefräßiger und (noch! viel!) unwiderstehlicher als ich es jetzt in der realen Welt bereits bin. Sie entschuldigen mich, meine Damen und Herren: Es ist höchste Zeit für einen erfrischenden, herrlichen Gourmetschlaf!

Schnarchen
Wie schon erwähnt: ich bin ein Meister des Schnarchens und beherrsche alle noch so subtilen Nuancen und Ausdrucksweisen – und weiß sie einzusetzen. Ich gebe ihnen nur drei Beispiele:
- das zärtliche Schnarchen – bei amoureusen Abenteuern
- das rachsüchtige Schnarchen – bevorzugt unter dem Bett des größten Menschen (genau dort, wo er mich nicht erreichen kann)
- das genüssliche Schnarchen – nach einem opulenten Festmahl, um zu unterstreichen, wie köstlich es war

Schüssel mit Menschensüßigkeiten und Pelztieren
Ein menschliches Frühlingsritual. Habe mittlerweile herausgefunden, dass es sich bei dem Pelztier offenbar um einen Hasen handelt. Wozu die Menschen erst umständlich nach dem Schüsselchen suchen müssen, anstatt vorher einen festen Platz zu vereinbaren ist mir schleierhaft. Manchmal sind sie schon etwas schrullig, die Menschen.

Schönheitsschlaf
Wie wichtig der Schlaf und insbesondere der unabkömmliche Schönheitsschlaf ist, wissen auch viele Menschen. Schlafen sie, meine Damen und Herren, schlafen sie! Wahre Schönheit kommt im Schlaf! Ein altes Katersprichwort zur Schönheit lautet: "Schlafe Kätzchen, schlafe schnell, schlafen macht die

Augen hell." Ich kann das nur bestätigen! Er begünstigt seidiges, glänzendes Fell, ein rassiges Schnurren und eine unwiderstehliche Aura! Außerdem kann man so prima denken. Schlafen sie was das Zeug hält, meine Damen und Herren!

Speere bzw./und Stecken an den Füssen

Ein sehr seltsames Jagdritual, dem die Menschen frönen – allerdings nur, wenn das weiße Geflöck die Erde bedeckt. Sie treten mit den Füssen auf die Stecken, sausen damit wie der Blitz los und stochern gleichzeitig wie wild mit den Speeren im Geflöck herum. Ich bezweifle ja, dass dies eine effektive Art ist, Beute zu machen. Ich schätze, sie hoffen eher auf den Zufall... - aber es sind ja wie gesagt Menschen.

Speisen

Ich sage nur: Genusssucht! Völlerei! Gourmieren, Delektieren, den Gaumen Kitzeln. Zerbeißen, Zerkauen, Zerfetzen, Schmatzen und Schlürfen! Denken sie sich ein Leben ohne Speisen, ohne Spezialitäten, Gelage und Orgien – meine Damen und Herren: DAS IST KEIN LEBEN!

Haben Sie nie erlebt, welcher prickelnde Schauder, welch wohlige Wärme, welch erfrischende Frische den Körper erfüllt, wenn sie etwas Köstliches speisen? Wie ihnen die Lust das Wasser auf die Zunge treibt? Wie sie die ersten Geschmacksnuancen erfühlen, erfüllt die Augen schließen und genießerisch das Geschmacksfeuerwerk auf den Geschmacksknospen ihrer Zunge entzünden?

Speisenzubereitungsstelle

Die menschliche Hochburg der Gemütlichkeit. Der Gipfel kulinarischer Genüsse. Die Heimat verführerischer Düfte. Dort und nur dort wäre mein Hauptruheplätzchen, wenn mich die Menschen nur gewähren ließen...

Stecken pusten, in die
Wer sich das ausgedacht hat, muss in der Tat berauscht gewesen sein... wie kann man sich nur an derart schrillen Tönen ergötzen?! Oder sich gar darin üben möglichst schrille Töne zu erzeugen? Schön das Menschenwort, das diesen Stecken bezeichnet klingt böse und infernalisch: „Flöte"

Stöckchen, auf dem Blatt herumfahrendes
Netter Zeitvertreib für Menschen. Sie können sich damit stundenlang beschäftigen. Mir sagt ebenfalls sehr zu. Damit trainiere ich für die Jagd (das sagt den Menschen eher nicht zu). Die Menschen behaupten, es sei wichtig und sie notieren etwas oder „halten etwas fest." (Ich habe noch nie gesehen, dass sich etwas am Blatt festhält.) Ich finde sowohl Stöckchen als auch Raschelblätter bemerkenswert. Sie haben etwas Magisches. Eine der besten Erfindungen der Menschen.

Sträucher
Siehe unter „Bäume und Sträucher, innerhalb der Behausung"

Tiere, andere
Sehr auf Menschen fixiert, unselbstständig. Wollen um jeden Preis mit den Menschen zusammen sein. Welch Zeitverschwendung! Haben große Verständigungsprobleme. Wedeln sie mit dem Schwanz wollen sie in keinster Weise angreifen. Sie sind dann nicht einmal ärgerlich oder wenigstens angriffslustig. Stellen sie sich vor, sie freuen sich dann! Also ich finde diese Tiere dumm und ungeschickt. Die Menschen nennen sie „Hunde" (ist ja nun auch nicht sehr wohlklingend, oder?). Obwohl es ein echtes Tier ist, bin ich wirklich überhaupt nicht von ihm angetan. Glücklicherweise wohnt weder bei mir noch in den angrenzenden Revieren ein Tier dieser Art.

Tradition
Einer der wichtigsten Grundpfeiler und Anhaltspunkte im Leben eines Katers. Manchem mag das altmodisch erscheinen. Uns Kater erfreut dies. Außerdem bewahren uns feste Regeln vor unliebsamen Überraschungen und vor unvorhersehbaren Situationen.

Trainingsgegenstand
Sehr aufmerksam von den Menschen uns auch bei widrigem Wetter fit zu halten, ohne dass wir nach draußen gehen müssen. Der größte Mensch liebt diesen Trainingsgegenstand ebenfalls. Er nennt ihn Modelleisenbahn. Es ist einfach rührend, wie viele Gedanken er sich gemacht hat, um mein Herz zu erfreuen – geradezu selbstlos.

Vaatia, Gunvald
Raschelt herrlich mit Blättern und lässt viele verschiedene Stöckchen darauf tanzen. Steckt mir leckere Leckerbissen zu. Erhebt seine Stimme nicht so grässlich wie die Menschen im Allgemeinen. Kann sogar etwas singen. Riecht hervorragend nach einer Katze, die in seinem Revier nach dem Rechten sieht. Werde ihn heute verfolgen und der Dame meine Aufwartung machen. Es wird mir sicher gelingen, denn er geht nur auf zwei Beinen; hat kein Menschenrenntier.

Wasserblumen
Hüten sie sich vor diesen Blumen, meine Damen und Herren! Als ich einmal als kleiner, unerfahrener Kater einer besonders fetten Libelle nachjagte, sprang ich vertrauensvoll auf einen Teppich wunderbar grün schillernder Blätter. Zwischen den Blättern blühten herrliche Blüten – die auch die Libelle liebte. Schon bei meinem Landeanflug bemerkte ich, dass etwas faul

war. Als meine Pfoten aufsetzten, befürchtete ich schon, dass diese Landung eine der größten Fehler in meinem kurzen Katerleben sein könnte. Und als ich dann mit den Blütenkelchen, übrigens ohne Libelle, unter Wasser tauchte und sich zärtlich die Algen um meine Ohren legten, war ich mir sogar ganz sicher, dass es nicht nur der größte Fehler, sondern auch das hinterhältigste und größte Täuschungsmanöver war, in das ich bisher gelockt wurde...

Wasserspender
Für die Menschen ist es eine „Toilette" – für mich ist es eine erquickende, praktische Wasserquelle in der Behausung. Anders als bei den Quellen außerhalb der Behausung kommt hier kein Wasser von oben, es ist trocken und angenehm temperiert – und außerdem halten ihn die Menschen penibel sauber. Nur leider ist er meist verdeckt.

Wollknäuel, flaumartige, weiße
Eine der zauberhaftesten Dekorationen, die mir diese Welt je geboten hat. Ja, ich gehe sogar so weit, sie als katerhaft zu bezeichnen. Könnte man die Schnee-Wollknäuel auch noch fressen, wäre es geradezu paradiesisch.

Zeckenhalsband
Äußerst unerotischer Menschen-Halsschmuck für Kater. Einziger Vorteil: er hält Zecken und andere lästige Blutsauger fern. Stört beim Umherstreifen und Jagen im Gelände.

Meine hoch verehrten Damen und Herren, eben hat sich noch brandaktuell ein höchst dramatisches Ereignis abgespielt – ich bin so erregt und verwirrt, dass ich ihnen umgehend davon berichten muss: In höchstem Maße zufrieden räkelte ich mich auf meinem zauberhaften Ruheplätzchen im Hauptraum und bewunderte wieder einmal meinen vollkommenen Prachtpelz. Die Hauptfuttermenschin kam herein und kuschelte sich zu mir – ich schnurrte angetan. Doch anstatt sich an ihre Dressur zu erinnern und mich zu kraulen, ergriff sie ein kleines schwarzes Kästchen – und schwups! – zauberte sie damit ein herrliches Jagdrevier in einen unscheinbaren schwarzen Rahmen im Hauptraum. Vor Erstaunen unterbrach ich mein Schnurren, setzte mich sofort in Jagdposition, verbarg mich hinter der Menschin und wartete ab. Nicht bis ein Beutetier vorbei lief, weit gefehlt, meine Damen und Herren! Ein wahres Beuteparadies tanzte vor meinen Augen. Ein Jagdrevier wie im Schlaraffenland! Fette, wohlgenährte Vögel, kräftige, durchtrainierte Mäuse, saftige Kriechtiere... Ich wartete, bis ich den köstlichsten dicksten Vogel, ausgemacht hatte. Hielt den Atem an, taxierte, vergaß vor Erregung zu wittern und sprang. Doch was war das? Anstatt einen Vogel in meinen scharfen Krallen zu halten prallte ich an diesem seltsamen Jagdrevier ab und blieb verdattert auf dem Boden des Hauptraumes liegen. Aufgeregt sprang ich hinter den Rahmen und tatzte nach dem Vogel, der groß und köstlich direkt vor meiner Nase geflattert war. Aber hinter dem Rahmen war kein Jagdrevier! Der Vogel keckerte höhnisch. Was war das nur? Die Geräusche waren doch zum Greifen nah! Wütend schlich ich um den Rahmen herum und tatzte direkt auf eine köstliche Maus. Wieder vergebens - ich konnte sie einfach nicht fassen! Zornig schnaubte ich aus und holte genervt Luft. Da roch ich es: Nichts. Es roch nicht nach Jagdrevier, meine Damen und Herren. Nicht nach

tauglänzenden Blättern im Sonnenschein, nicht nach erdigem Moos mit faulen vergilbten Blättern, nicht nach dem würzigen Duft einer wohlgenährten Maus..
Fauler Zauber, sag ich nur, fauler Zauber!
Was will die Menschin nur damit, wenn man nicht ordentlich jagen kann! Pah, Menschenkram! -Ich gehe jetzt jedenfalls nach draußen und lasse mir den frischen Frühlingswind um die Nase wehen ... mir von seinen Wohlgerüchen den Kopf verdrehen...lasse mich von seinen Düften zu amoureusen Abenteuern verführen ... aber als erstes nehme ich ein lukullisches drittes Frühstück!

Herzlichen Dank

- an Gunvald für seine liebevollen Illustrationen und seinen Spaß am Zeichnen und Malen.
- an K., ohne den dieses Buchmanuskript in der Schublade verstaubt wäre, der mich mit Grzimeks Tierleben bekannt machte und der an mich glaubt, wenn ich es gerade nicht kann
- an den wahren Jeremias von Höhnsdorf, Felix Munzepunze, Moritz und alle anderen Katzen und Kater von M., die mir unerschöpflich Stoff für meine Geschichten geliefert haben
- an A., den ich mindestens ebenso schätze, wie J. v. H. seinen Freund Ferdinand. Und der - ohne es zu wissen und zu wollen – meines Wissens in vielen Bereichen durch seine liebenswerten Charakterzüge das menschliche Pendant zu dem guten Jeremias ist und mir dadurch das Schreiben sehr erleichtert hat.
- an mein Omele, die allen Lebewesen mit Achtsamkeit und freundlichem Respekt begegnete
- an meine Mama, die mir gelernt hat, mit offenen Augen durch die Welt zu gehen
- an meinen Vater, der mir geduldig doch noch das Lesen beigebracht hat, obwohl mein Lesebuch zunächst im Abfall landete
- an Georg Friedrich Händel, Edvard Grieg, Wolfgang Amadeus Mozart, Ludwig van Beethoven, die Beatles, Johann Sebastian Bach, Antonio Vivaldi und CCR für ihre inspirierende Musik
- an meine Freunde und alle Verwandte, die mich mögen, fordern und fördern. Ohne sie wäre das Leben halb so lustig und lebenswert
- an A.F. der mir lückenlos bewiesen hat, dass das Leben schön ist

- an M. für ihre Freundschaft, besonders weil sie immer die richtigen Worte findet. Ich wünsche Ihr alles Glück der Welt.
- an meinen ehemaligen Personalchef. Er hat mich wieder an die essentiellen Dinge des Lebens erinnert. Ohne seine sehr spezielle - um nicht zu sagen gewöhnungsbedürftige - Art mit Menschen umzugehen, wäre ich auf dem besten Wege gewesen selbst ein richtiges Ekelpaket zu werden. Dieses Buch wäre nie beendet worden – und wie viele wunderbare, unwiederbringliche Momente hätte ich verpasst!
...und an C. den „zähen Hering"

igentlich träumte Kattis Rydberg schon als kleines Kind davon Autorin zu werden: ihre Vorbilder waren damals unter anderem Erich Kästner, Michael Ende, Astrid Lindgren und Annikki Setälä. Ihr erstes Buch „Vom Huhn zum Spiegelei", das sie selbst illustrierte, diktierte sie als Fünfjährige ihrem Vater. Leider fiel dieses Werk nur wenige Jahre später einer künstlerischen Umgestaltung ihrer kleinen Schwester mit folgendem Materialtest ihres Cousins (durch Zerreißen und Zerschneiden) zum Opfer. Trotz dieses Tiefschlags und nach einem lehrreichen beruflichen Umweg konnte sie ihre große Leidenschaft, das Schreiben, tatsächlich zum Beruf machen. Kattis Rydberg, ihres Zeichens Meisterin in expressionistischer Kommasetzung, skizziert am liebsten das alltägliche Leben und schreibt ohne viel erfinden zu müssen einfach all das auf, was ihr begegnet. Seit 1974 lebt sie in Deutschland, liebt nach wie vor Skandinavien und reist gerne.

Diesmal bat sie ihren alten Schulfreund Gunvald Vaatia das Buch zu illustrieren, der sich gleich mit großem Enthusiasmus und viel Freude ans Werk machte. Bei Gunvald wohnt eine kuschelige schwarzgrau getigerte Katze, die auf den süßen Namen „Muffin" hört, ihm sehr gerne Modell sitzt und ebenfalls feine Speisen schätzt. Gunvald würde am liebsten den ganzen Tag am und im Meer verbringen, ab und zu darf er aber – wie (fast) alle Menschen – doch ein wenig arbeiten. Eigentlich hat er den wichtigsten Beruf der Welt. Er hilft kräftig mit, dass alle Menschen wieder strahlend Lachen und mit Genuss Essen können: Er ist Zahntechniker.
Leider besaß er noch nie den Mut eine Ausstellung mit seinen Bildern zu gestalten – aber immerhin konnten wir ihn zu diesem Buch überreden. Er bittet im Übrigen von einer künstlerischen Umgestaltung des Buches und etwaigen Materialtests abzusehen.